全国女子高生ミスコンで優勝して名実ともに日本一可愛い女子高生に選ばれた楓さんのことだ、小さい頃から可愛かったに違いない。これまでいったいどれだけ思いの丈を告げられてきたのだろうか。

「そうですね……確かに多くの方から告白されてきましたけど、私が〝はい〟と頷《うなず》いたのも、〝私も好きです〟と答えたのも勇也君ただ一人ですよ」

雪のように白い頬に朱を差しながら楓さんは言うと、コテッと俺の肩に頭を乗せた。そんな彼女を慈《いつく》しむように俺は優しくそっと撫でると気持ちよさそうに目を細めた。

「えへへ。今思い返しても、勇也君の告白はとてもロマンチックでした。言われた瞬間はするくらいドキドキしました」

笑って俺の腕をぎゅっと抱きしめて上目遣いで見つめられて、俺の心臓の鼓動らい速くなる。

こうして一緒に暮らすことが出来て、私はすごく幸せです」

れている笑顔を急に向けるのは反則だと思う。嬉《うれ》しくて頬が緩まないようにし抱きしめたい欲求に耐えるのはある種の拷問だ。

也君にもっと私のことを知ってもらうために、私の幼い頃の写真を特別公開じゃじゃーんと効果音とともにどこからともなくアルバムを取り出した楓さん。几帳《きちょう》面《めん》に表紙に年代が記されている。もしかして生まれてから今日までの記録を一つずつ見ていくのか？

「勇也君にもっと私のことを知ってもらいたいんです。ダメですか？」

「もちろんダメじゃありません！」

上目遣いに潤んだ瞳を付け足して、さらに切なそうな声で尋ねて来ないでください。俺の心はノックアウト寸前です。

「さすが勇也君です！　それじゃ夜は長いのでゆっくり見ていきましょう！　あ、生まれたままの姿の写真もあると思いますがまじまじと見ないでくださいね？　さすがに恥ずかしいので」

「いやいや、そんなこと言うなら毎日一緒にお風呂に入りましょうっていうのは恥ずかしくないんですか⁉」

「それとこれとは話が別です！　私はいつ何時勇也君に見られてもいいように毎日鍛錬に励んでいますから。ほら、見てくださいこのまん丸な顔！　お団子みたいだと思いませんか？」

指差したのは幼稚園児くらいの楓さんがゾウさんの遊具に乗りながらピースをしている

両親の借金を肩代わりしてもらう条件は日本一可愛い女子高生と一緒に暮らすことでした。
3

一葉《ひとつば》楓《かえで》
Kaede Hitotsuba

宮本結《みやもとゆい》
Yui Miyamoto
大槻秋穂《おおつきあきほ》
Akiho Otsuki
二階堂哀《にかいどうあい》

「お待たせしました、勇也君！　これが今回のご褒美です！」

宮本《みやもと》結《ゆい》

Yui Miyamoto

一葉家の使用人・宮本の一人娘。母親が英国人の血を引いている理由から、金髪碧眼の16歳。楓とは幼い頃から知り合いで姉妹のように仲が良い。

Face Pattern

Character Profile

Yui Miyamoto

Yasuhito Yasaka

Face Pattern

Yasuhito Yasaka

八坂《やさか》保仁《やすひと》

二階堂哀に憧れて明和台高校に進学してきた1年生。運動神経はいい方だがレギュラーになれる技量はないため日々練習に励んでいる。

Contents

I'm gonna live with you not because my parents left me their debt but because I like you

※この作品は『カクヨム』に連載したものを加筆修正しています。

両親の借金を肩代わりしてもらう条件は日本一可愛い女子高生と一緒に暮らすことでした。3

雨音 恵

ファンタジア文庫

3107

I'm gonna live with you not because my parents left me their debt but because I like you

PROFILE

Yuya Yoshizumi

吉住勇也

両親に借金を残して去られた不憫な男子。高校２年生。その借金を代わりに返済してくれた一葉家の娘、楓といっしょに暮らすことに。恋愛には奥手だが、無自覚に甘いセリフを吐いたりする。

Kaede Hitotsuba

一葉楓

大手電機メーカーの社長令嬢にして、ミスコンでグランプリを獲得した才色兼備の高校２年生。学校ではクールな美少女、家では無邪気な女の子。勇也に以前から想いを寄せていて、恋人同士に。

Rika Oomichi

大道梨香

勇也の借金を取り立てていたタカさんの娘。小学校２年生。幼いときから勇也を慕っていて、将来の夢は勇也のお嫁さん。

Shinji Higure

日暮伸二

人なつっこい性格の犬系男子。勇也とはサッカー部の相棒で親友。密かな女子人気はあるものの、彼女である秋穂以外には興味のないドライな一面も。

Akiho Otsuki

大槻秋穂

楓のクラスメイト。明るくてチャーミングを体現したような女の子。勇也や楓の周りを引っ掻き回すムードメーカー的な存在。

Ai Nikaido

二階堂哀

勇也の隣の席の女子。中性的な美少女で学校では楓と並ぶ有名人。バスケ部のエースで、イケメンな王子様として女子人気が高い。

第1話 ● もっとあなたのことが知りたいです

I'm gonna live with you not because my parents left me their debt but because I like you

春休みの終わりが近づいて来たある日の夜。俺が風呂《ふろ》から上がると、楓《かえで》さんがリビングで段ボールを漁《あさ》っていた。それはこの家に引っ越してくる際に俺が家から持ってきた荷物の一つだった。それをわざわざ引っ張り出して来たのか？

「突然どうしたの、楓さん？　何を探しているの？」

お風呂に入り、歯も磨き、就寝前までソファに座ってダラダラとテレビを見るのが我が家の定番の過ごし方なのだが、今夜はどうしたのだろうか。

「勇也《ゆうや》君と一緒に暮らし始めてもうすぐ三か月が経《た》つわけですが、私は勇也君の子供の頃のことをあまり知らないなぁと一人で湯船に浸《つ》かっていて思ったんです」

一人で、というところを無駄に強調してくる楓さん。今日も当然のように〝一緒にお風呂に入りましょう〟と誘ってきたけど丁重にお断りした。

「それに春休みは勇也君と一緒にいられる時間が増えると思っていたのに、勇也君は部活に加えてバイトも始めてしまったじゃないですか。気にしないでいいって言っているのに……」

去年の夏休みもそうだったが少しでも生活費を稼ぐために俺は春休み中、部活の合間を縫ってバイトをしていた。楓さんのご両親からお小遣いを頂いているが、両親の借金を肩代わりしてもらっている身としては気安く手を付けるわけにはいかない。

なにせ温泉旅館で楓さんのご両親に対して〝自分の足で立って楓さんを幸せにする〟と宣言したのだ。舌の根の乾かぬうちに頼るわけにはいかないだろう。

「むぅ……ずるいですよ、勇也君。それを言われてしまったら私は何も言えなくなるじゃないですか」

唇を尖《とが》らせながらどこか照れた様子で楓さんは言った。バイトをやるときにちゃんと楓さんと話し合ったとはいえ、寂しい思いをさせてしまっているのは申し訳ないところではあるが、かといって一緒にお風呂に入るのはちょっと違う。

俺も健康優良男児だから楓さんのような美少女からお誘いを受けたら首を縦に振りたいのだが、それをしたら俺の理性君は一瞬で蒸発すること間違いなしだ。

「勇也君がどうしたら狼《おおかみ》さんモードになるのかは今後の課題として。もっと勇也君のことを知りたいと思ったのでこうして段ボールを漁っていたというわけです！　一緒に見ながら色々お話を聞かせてくれませんか？」

　ポンポンと、隣に座るようにソファを叩《たた》く楓さん。恋人と一緒に子供の頃のアルバムを見る日がこんなに早く来るとは思わなかった。こういうイベントは結婚を控えてからやるものじゃないのか？

「早いことはないと思いますよ？　だって高校を卒業したら勇也君は我が家の婿養子になるんですから。そんなことより早く見ましょう！　あっ、これはいつ頃の写真ですか？」

　ずいっと俺の前に広げられたアルバムに収められていたのはもう十年近く前になる、俺がまだ小学生だった頃の写真だ。うん、何だこの羞恥プレイは。昔の自分を恋人と一緒に見るのは恥ずかしすぎる。

「えへへ。子供の頃の勇也君、すごく可愛《かわい》いですね。写真に撮られるのが恥ずかしいからぶっきらぼうな顔をしているのにちゃんとピースはしているあたりとかツンデレさんですよね！　頭をたくさんナデナデしてあげたいです！」

　今ではあまり気にしなくなったが、小学生の頃は写真に撮られることが苦手だった。何気ない一瞬を記録されて、それを後で家族と一緒に見返すのがどうにも恥ずかしかったのだ。まぁそれはくそったれな父さんのせいで二度と出来なくなったけど。

「これは小学校高学年ですか？　この辺から段々と可愛い男の子からカッコイイ男子に変

わっていますね。さぞモテたんじゃないですか？」

ぷくぅと頬を膨らませながらジト目を向けてくる楓さん。そんなフグ顔をされたら怖いと思うどころか可愛くて頭を撫《な》でたくなるじゃないですか。小学生の頃にモテる、モテないなんて意識してないからわからない。

「んぅ……可愛い女の子とか近くにいませんでしたか？　よく一緒に遊んでいたとか、一緒に下校していたとかありませんでした？」

「……そんなことはなかったと思うよ？」

「勇也君、今の間はなんですか？　あったんですね？　私以外の女の子と一緒にキャッキャウフフしながら下校したことがあったんですね⁉」

瞳に涙をためながらずいっと身を寄せて問い詰めてくる楓さん。その圧力たるやすさまじく、どんなに口が堅い者でも真実を話してしまうことだろう。その要因はパジャマを春用の薄手のものに変えたので肌色成分が増えたことにある。具体的に言えば白くて綺麗《きれい》な鎖骨とか、チラリと隙間からのぞく魅惑の双丘とか。

「いや、キャッキャウフフってしながら下校したのは楓さんが初めてだよ。小学校、中学校の頃の俺は恋愛に疎《うと》かったし……それによく言うだろう？　子供の頃の恋愛は麻疹《はしか》みたいなものだって。むしろ楓さんはどうだったのさ？」

写真だった。確かに今と比べて顔が丸いが、可愛いことに変わりはない。むしろもちっとしていて触り心地がよさそうだ。

「今の方がすべすべもっちりだと自信があります。試しに触ってみてください！」

はい、と顔を差し出してくる楓さんはまるで〝私のことを撫でろ、ご主人〟とすり寄ってくる子猫みたいだな。そう思うと自然と頬が緩むな。

「どうですか、私のほっぺは？　柔らかいですか？」

「うん、楓さんのほっぺたはずっと撫でていられるね。柔らかくて、それでいて弾力が抜群の触り心地。控えめに言って最高です」

「……なんだか言い方がとてもエッチです」

言いながらたわわな果実を両手で隠す楓さん。どうしてそうなんですかね!?　俺はあくまで楓さんのほっぺたの感想を言ったのであって決して楓さんの魅惑の双丘の話をしたのではない！　というか背中や胸にぎゅっと押し付けられたことは多々あれど、実際に触ったことはないから感想も何もない。

「それじゃ……今からこっちも触ってみますか？」

「えっ……楓さん、今なんて？　というかなんでパジャマを脱ごうとしているんですか!?　どうせその下には――！」

「はい、勇也君の予想通り夜は着けない派なので今の私はノーブラです！」

知っていたことだけどドヤ顔で言わないでくれ！　薄手のパジャマ越しに伝わるたわわな感触のおかげで春休み期間中の俺の睡眠時間は削られている。これが夏になったらどうなるかなんて考えるだけで恐ろしい。

「さ、さぁ勇也君。思う存分触ってください！　恋人に愛情たっぷり揉《も》んでもらえたら大きくなるとお母さんが言っていました！」

桜子《さくらこ》さん、あなたって人はどうして毎度毎度楓さんにいい加減なことを吹き込むんだ。どうせ〝私もそうしてもらったから〟って最後に付け足したんだろうな。一人娘に赤裸々に話しすぎだろう。

「勇也君……初めてなので、優しくしてくださいね？」

その台詞《せりふ》を蕩《とろ》けるくらい甘えた声で言うのはよろしくない。俺の理性君を刺激して崩壊してしまう。俺が必死に〝据え膳食わぬは男の恥っていうぜ？〟と囁《ささや》く悪魔と戦っているというのに。これでは負けてしまう。何か状況を一変させる一手は――

「そ、そうだ！　ねぇ、楓さん。この写真に写っている女の子は誰か教えて!?」

俺が指差したのは先程とは別の写真。楓さんがブランコで遊んでいる時のものだが、彼女の隣で同じように遊んでいる同い年くらいの子供がいた。

その子は太陽に照らされて黄金色《こがねいろ》に輝く金砂の髪に宝石のように美しいスカイブルーの瞳を持つ、お人形のように可愛らしい女の子だった。

赤の他人というわけではないだろう。その証拠にアルバムを捲《めく》っていくと、その子と楓さんが仲良さそうに遊んでいる写真が何枚も出てきた。

「楓さんって一人っ子だよね？　顔は似てないけどなんだか姉妹みたい……もしかして外国の知り合いの子？」

「むぅ……勇也君にうやむやにされた感は否《いな》めませんが、まぁ今はいいでしょう」

いそいそとたくし上げていた裾を元に戻していく。楓さんのお腹《なか》回り、無駄な肉がなくてくびれがあって美しいなぁ、ほんの少しだけ見えた下乳がものすごく艶《なま》めかしかったなぁ、もっと見たかったなぁ、なんて思ってないんだからね！

「この子は宮本結《みやもとゆい》ちゃんです。勇也君もよく知っている宮本さんの娘さんです。子供の頃、よく一緒に遊んだんです。あ、ちなみに結ちゃんのお母さんは英国の方で、とっても綺麗な人なんですよ」

なるほど、日本人離れした容姿や髪の毛はそういう理由か。楓さんだけでも十分可愛くて華があるのに、それと同等の華が並んでいるから写真は気品に溢れていて二人とも輝いて見える。というか宮本さん、結婚していたのか。しかも英国人の女性との国際結婚とは。

落ち着いた物腰からは想像出来ないな。

「結ちゃんは一個下で、私にとっては可愛い妹のような子です。写真を見ていたら久しぶりに会いたくなりました。勇也君にもいつか紹介しますね。すごく綺麗な金髪なので子供の頃は憧れました。勇也君も見たらびっくりすると思います」

雲一つない澄みきった夜空のような黒髪に対して、この子——宮本結ちゃん——の髪の毛は光り輝く満月のようだ。おとぎ話に出てくるお姫様みたいだから憧れを抱くのは無理もない。でも〝子供の頃は憧れていた〟ということは今は違うのだろうか？

「はい。だって勇也君、黒髪好きですよね？」

俺の心の内を全て見透かすような真《ま》っ直《す》ぐな瞳。口元はからかうように吊《つ》り上《あ》がっている。確かに楓さんの言う通り俺は黒髪が好きだ。でも誰でもいいかと聞かれたらそういうわけではない。

「俺は楓さんの黒髪が好きなんだよ。夏の澄んだ夜空みたいな綺麗な黒髪がね」

言いながら、俺は楓さんの頭をそっと優しく撫でる。指に一切引っかかることのない絹のように滑らかな触り心地。ふわりと漂う爽やかな香りをもっと味わいたくて、俺は思わず髪の毛に顔を近づける。

「ゆ、勇也君？　突然どうしたんですか？　恥ずかしいですよ……」

「本当に綺麗だよ、楓さん」

髪の毛や容姿といった外見だけじゃない。内面も全て含めて一葉《ひとつば》楓は綺麗だと俺は思う。時々暴走したりポンコツ化することもあるけれど、それが可愛《かわい》さというアクセントというかギャップになって魅力をさらに引き立てている。

「もう……勇也君はいつもそうです。いつもそうやって、いきなり甘い声でさらりとカッコイイことを言って……なんですか、私を喜ば死させる気ですか？」

反則です、と呟《つぶや》きながら楓さんはコテッと俺の肩に頭を乗せた。これはもっと撫でてほしいという無言のアピールということを俺は知っている。

「えへへ。勇也君にこうしてナデナデしてもらうの大好きです。もっとしてください」

猫なで声で甘えてくる楓さん。やれやれ、拗《す》ねたり照れたり甘えたりと忙しい人だ。まぁ俺も人のこと言えないんだけど。

それにしても楓さんの髪の毛は本当に綺麗だよな。雲一つない澄んだ夜空のような黒髪。もしこれが本物の空だったら、今夜の満月もより輝いて見えるだろう。

「二年生は同じクラスになれたらいいですね。そしたら家だけじゃなくて学校でも勇也君と一緒にいられます」

「そうだね。今年は同じクラスになれるといいね」

楓さんだけじゃなくて伸二《しんじ》や大槻《おおつき》さん、二階堂《にかいどう》ともみんな一緒になれたらきっと楽しい一年になるはずだ。

クソッタレな父さんのせいで一時はどうなるかと思ったが楓さんのおかげで無事続けられている高校生活。全力で楽しまなきゃ損というものだ。

「フフッ。楽しい一年にしましょうね！　あ、もちろん勉強も頑張りましょうね？」

はい、もちろんです楓先生。

第2話・運命のクラス替え

I'm gonna live with you not because my parents left me their debt but because I like you

ついに始まる高校生活のセカンドシーズン。一年前、入学したときには考えられなかったが、満開の桜並木の下を俺は恋人と一緒に手を繋《つな》いで歩いている。

「どうしたんですか、勇也《ゆうや》君？　そんな満足そうな顔をして。あっ、私と手を繋いで登校出来ることが嬉《うれ》しいとか⁉　そんなこと言われたら私、照れちゃいます！」

往来の真ん中でほんのり頬を朱色に染めて身体《からだ》をくねくねとさせる楓《かえで》さん。俺は別に一言も嬉しいとは言っていないのだが、口にしていないだけで概《おおむ》ね事実だから否定はしない。その代わりに頭を撫《な》でることで答えとしよう。

「――――⁉　ゆ、勇也君⁉　い、いきなり何ですか⁉」

「そんなに驚かなくても……単に楓さんが可愛かったから頭を撫でたくなったんだけど、ダメだった？」

「だ、ダメじゃないです！　ええ、もちろんいいですとも！　どんとこいです！」

えっへんと胸を張る楓さん。そして撫でろと言わんばかりに頭をグイグイと俺の胸に押し付けてくる。もしここが家ならば愛《う》い奴《やつ》めとぎゅっと抱きしめて撫でまわすのだが、残念ながらここは通学路。こんなことをしていたら――

「相変わらずのイチャイチャぶりだね、吉住《よしずみ》」

当然のことながらクラスメイトに遭遇することになる。しかも俺や楓さんに呆《あき》れた声で話しかけてくる奴は数えるくらいしかいない。

「げっ……二階堂《にかいどう》……」

「クラスメイトに向かって随分な反応だけど、休み明けの第一声がカエルが潰れたような声ってひどくない？」

俺に話しかけてきたのは二階堂哀《あい》。目鼻立ちのしっかりとしたきりっとした端麗な容姿。適度に鍛えられた引き締まった健康的な肢体にしっかりと自己主張している双丘を併せ持っているわがまま美人。楓さんが可愛い系の代表だとすれば二階堂は綺麗《きれい》系の代表だ。

ちなみに俺と二階堂は昨年同じクラスで、しかも隣の席で一年間を過ごした所謂《いわゆる》腐れ縁だ。楓さんや大槻《おおつき》さんと馬が合うらしく、春休み中も三人で女子会を何度か行っていた。

「おはようございます、二階堂さん」

「おはよう、一葉《ひとつば》さん。ラブラブなのは羨ましい限りだけどほどほどにね？」

俺に対する態度とは180度異なる朝の挨拶に俺は抗議の声を上げたかったがグッと堪《こら》える。ここで反抗的な態度をとれば倍返しで何を言われるか。

「フフッ、わかっているじゃないか。吉住にも学習機能があったとは驚きだよ」

「ねぇ、二階堂さん。少し辛辣すぎやしませんかね？　俺の知能を何だと思っているんだよ！」

「そうだね……お猿さんと同レベルかな？」

ひどい！　春休み明け早々にどうして同級生からこんな言われようをされないといけないんだよ！　泣いていいかな？

「あはは……ほんと、二階堂さんは勇也君には厳しいですね」

「いいんだよ。無差別に砂糖をまき散らす吉住には、誰かがちゃんと言わないと被害者が増えるだけだから。それに負った傷は一葉さんが癒《いや》すんだからプラスマイナスゼロだろう？　むしろプラス？」

「いや、いくら楓さんに慰めてもらったとしても簡単に傷は癒えないからな⁉　というか被害者ってなんだよ⁉」

「やれやれ……この期に及んでまだそんなことを言うのか。この調子だと今年も糖分過多で苦しむ生徒は多くなりそうだね」

そう言ってわざとらしく肩をすくめながらため息をつく二階堂。糖分過多ってあれか、伸二《しんじ》や大槻さんがよく言う『ストロベリーワールド』のことか？　そんなの俺と楓さんに限らず世のカップルはみんな形成しているじゃないか。

「……ホント、いい加減にした方がいいよ？　って吉住に言っても無駄だよね。それじゃ、一葉さん。私は先に行っているからそこの朴念仁は一葉さんに任せるね」

「はい、任されました」

それじゃ、と二階堂はひらひらと手を振って足早に去って行った。楓さんは手を振り返していたが俺にそんな元気はなく、その代わりに盛大にため息をついた。

「元気出してください、勇也君」

「……ありがとう、楓さん。ハァ……クラス替え発表を見るのが憂鬱になってきた。これで楓さんとまた別のクラスで二階堂と同じになったら立ち直れないかも……」

大袈裟《おおげさ》な、と楓さんは笑うが俺は至って真面目だ。

今日の登校のメインテーマはこの一年を過ごす新クラスの確認だ。この結果次第で今年の高校生活が天国にもなれば地獄にもなる運命の一大決戦。だというのに幸先《さいさき》が悪すぎる。

「大丈夫ですよ。私と勇也君の絆《きずな》は誰にも引き裂くことはできませんから！」

グッと力強く拳を握り締める楓さんの表情は何故《なぜ》だか自信に満ち溢《あふ》れている。もしかして彼女には俺と同じクラスになれる確信でもあるのだろうか？

「フフッ。勇也君だけじゃありませんよ？　日暮《ひぐれ》君や秋穂《あきほ》ちゃん、二階堂さんも含めてみんな同じクラスになれるって確信しています！」

「……どこにそんな自信があるのか聞いてもいいかな？」

「フッフッフ。私は勇也君と同じクラスになるためならいかなる手段であっても講じる覚悟があります。その成果をお見せしましょう！」

鼻息荒く俺の手を取って走り出す楓さん。急に走り出したら危ないよ、って言っても聞く耳を持つ状態ではないので俺は苦笑いを浮かべながら一緒に走ることにした。

どうか楓さんと同じクラスでありますように。

＊＊＊＊

校庭に設置されている掲示板の前には遠目から見てもはっきりとわかるくらいに大勢の生徒が群がっていた。一応三年生と二年生に分かれているはずだが、その境目もはっきりしない。

「二年生のクラス分けは右側ですね。フフッ、この中を突き進むのはなんだか冒険みたいで心が躍りますね！」

テンションがすでにハイになっている楓さんには申し訳ないが俺はむしろげんなりする。何が悲しくて満員電車のような混雑の中をかき分けて進まないといけないんだ。

「それにしてもみんな学校に来るのが早くないか？　今日の登校時間は9時半だよな？まだ8時半を少し過ぎたところだっていうのに……気合入れすぎだろう」

まぁ俺達も人のことを言えないのだが。

「無理もありません。今日はこの一年を占う大事な日なんですから。逸《はや》る気持ちが抑えきれずに早起きしてしまってもなんらおかしなことではありません」

「そうだね。楓さん、珍しく俺より起きるのが早かったもんね。ちなみに何時に目が覚めたの？」

「聞いて驚かないでくださいね？　私が起きたのはなんと5時過ぎです！　スヤスヤと寝息を立てている勇也君、すごく可愛かったです」

蠱惑《こわく》的な笑みを向けられて、俺の心臓はドクンと大きく鐘を打つ。楓さんは魅惑的な微笑を浮かべることはこれまで幾度もあったが、ご両親への挨拶を済ませてからというもの、その質が一段階高次元へと昇華しているように思う。例えるなら少女から淑女へランクアップした感じだ。

「早起きは三文の徳とはまさにこのことですね。朝からとても幸せでした」

ぎゅっと腕に抱き着いてきて向けるのは天使のような笑顔。コロコロと移り変わる表情にますます心臓の鼓動が速くなっていく。加えて服の上からでもわかる柔らかくかつ弾力のある双丘に腕を挟まれているのもよろしくない。一度触れたら離したくなくなる魔力を秘めているので本当によろしくない！

「どうしたんですか、勇也君？　顔が赤いですよ？」

「――――ッ！　そんなことないよ⁉　朝日のせいだよ！」

恥ずかしさのあまり急激に熱くなった頬を見られたくなくてそっぽを向いた。そんな俺を見て楓さんはにんまりと笑っているのが視界に入る。この場合、彼女が次にとる行動は決まっている。

「もう……勇也君のエッチ」

耳元で脳を溶かすような甘い声で囁《ささや》かれて身体に電流が奔《はし》る。さらにダメ押しにふぅと優しく吐息を吹きかけられて俺は思わず飛び退《の》いた。頬だけではなく耳まで真っ赤になっているのが自覚出来るくらいに俺の体温は急上昇した。

「か、楓さん！　そういうことは家だけにしてって言ってるよね⁉　ここがどこかわかってる⁉　学校だよ⁉」

「細かいことは気にしないことです。そんなことよりクラス割りを早く見に行きますよ！」

そんなこと⁉　俺にとっては死活問題なんですけど⁉　だって男子生徒の視線が大変なことになっているんだよ⁉　同級生に向けたらいけない負の感情を込めて睨《にら》みつけながら怨念のこもった声を発している。うん、全部無視だ。

テコテコと小走りで掲示板に向かうと自然と通り道が出来るという不可思議現象を目《ま》の当たりにしながら俺はその背中を追う。楓さんから見えない圧でも出ているのだろうか？

「えぇ……と。私の名前は——っあ、ありました！　二年二組です！　勇也君の名前は——あ……」

えっ、なに？　その悲劇の現場を目撃してしまったときに出すようなか細い声は。ものすごく不安になるんだけど。もしかして俺の名前は別のクラスにあるとか？

「……それは勇也君。あなた自身の目で確かめてください」

「そんなあからさまに顔を背けられたら予想がつくじゃないか……」

ため息をつきながら俺は二年一組から名前を確認していき、どうせない二組は飛ばして三組、四組、五組、六組まですべて目を通したが俺の名前は見当たらない。ということはもしかして――

「あった……二組に俺の名前……」

ないだろうと思ってスルーしていた二年二組の欄に俺の名前はきっちり記されていた。驚きと感動はあったがそれよりも安堵《あんど》の方が大きかった。楓さんの泣きそうな顔を見た瞬間、また一年間別々のクラスかと思った。そうじゃなくて本当に良かった。

「むぅ……勇也君のリアクションがいまいち薄いです」

何故だか楓さんはむくれ面で抗議してくるが、むしろ俺が安堵のため息をついたのはあなたが変な演技をしたからだからね？

「まったくもう……一緒のクラスだって気付いていたのにどうしてあんな顔をしたんだよ？　そんなに俺を泣かせたいの？」

「そ、それはあれです。ちょっとしたドッキリです！　てへっ」

頭を自分の拳でこつんとして舌をぺろりと出しながら言うのは反則的に可愛《かわい》い。なんやねんとツッコミのための手刀を引っ込めるくらいの破壊力がある。ゴホンと咳払《せきばら》いを一つして仕切り直す。楓さん以外にも見知った人物の名前もあった。

「それにしても伸二と大槻さん、二階堂まで同じクラスか。ここまでくるとなんか出来すぎな感じがするな」

「いいじゃないですか。すごく楽しい一年になりそうな予感がします！」

「同じくらい色んなことが起きそうな一年になる気もするけどね」

楓さんは期待に胸を膨らませた満面の笑み。俺は若干の不安を覚えて苦笑い。だけど思っていることは同じだ。きっと今日から始まる高校二年生の生活はきっと充実したものとなるだろう。何せ球技大会や体育祭、夏休みに文化祭。そして修学旅行とイベントごとが目白押しなのだから。

「今年も色んな思い出を作りましょうね、勇也君！」

「そうだね。記憶に残る思い出、たくさん作ろうね」

そして俺と楓さんは並んで歩き、新しい学校生活の過ごす教室へ向かった。

ガラガラと教室の引き戸を開けると、すでにいた生徒達の視線が一斉に集まった。その中には親友とその彼女がいて、俺達に気付いて手を振っている。

「おはよう、勇也。今年もよろしくね」

「おはよう、伸二。今年もよろしくな」

いつものように挨拶をして俺は伸二の後ろの席に座る。去年と変わらない新鮮味のない並びだがこれはこれで安心するな。

「おはよう、ヨッシー！　休み明けでメオトップルもパワーアップしたのかな？　見ているだけで糖尿病になるかと思ったよ！」

伸二の隣に座っていた大槻さんがヘラヘラと笑いながら話しかけてバシバシと肩を叩《たた》いてきた。遠慮というか手加減を知らないのか地味に痛い。

「おはようございます、秋穂ちゃん。勇也君が痛そうにしているのでほどほどにしてあげてくださいね？」

それが当たり前というように、俺の左隣の席に荷物を置きながら楓さんがにっこりと大槻さんに微笑《ほほえ》みかける。

「おはよう、楓ちゃん！　まさか私達五人がみんな同じクラスになれるなんてこれは奇跡といっても過言ではないのでは⁉」

「───私はできることなら別のクラスがよかったけど……仕方ないね。また一年間よろしくね、吉住」

言いながら俺達の所に近づいてきたのは二階堂だ。トイレかどこかに行っていてその戻りだろう。そしてさも当然のように俺の右隣の席に着いた。

「本当なら私は離れた席に座りたかったのだけど秋穂に呼ばれたんだよ。どうせなら顔なじみで固まろうってね。だから私はこっちの席にしたんだよ。吉住の左隣は一葉さんの特等席だろうからね」

ウィンクをしながら二階堂はキメ顔でそう言った。いや、申し訳ないが俺にはさっぱり意味がわからない。

「なぁ二階堂。どうして俺の左隣が楓さんにとって特等席になるんだ？」

「えぇ……そんなこともわからないの？　だって左に座っていればキミの顔がいつも見られるじゃないか」

いや、二階堂さん。呆《あき》れた顔で言われてもその説明じゃ一層意味がわからないんですけど？

「頼むからもう少しわかりやすく説明してくれないか？」

「もう、勇也君は鈍感さんですね。特別に私が教えて差し上げます！」

どこからともなく取り出した眼鏡を装着しながら話す楓さんはノリノリのご様子だ。二階堂はやれやれと肩をすくめて教師役を譲った。そしてクラスは突然伊達《だて》メガネを身に着けた楓さんを見た男子達によってざわつき始める。

「いいですか、勇也君。私の右隣に勇也君がいるということは、私が左肘を突くと自然に勇也君の横顔が視線に収まるんです！　つまり授業中に勇也君の顔を覗《のぞ》き放題というわけなんです！」

最高でぇぇす！　とまるで白熱したライブに参加しているオーディエンスのように拳を天に突き上げる楓さん。うん、つまり俺は何をするにしても楓さんに見つめられているというわけか。何気なく左を向いたら楓さんとバッチリ目が合って微笑みを向けられるのか。うん、それは確かに最高だ。

「ねぇ、秋穂。やっぱり私、離れた席でいいかな？　これを毎日見せられたら砂糖漬けで飲めないブラックコーヒーが飲めそうになるんだけど？」

「ダメだよ、哀ちゃん。一人だけ逃げようなんてそうはさせないよ！　倒れるときは一緒に前のめりだよ！」

さっと離れようとする二階堂に逃がすまいと飛び掛かる大槻さん。その俊敏さたるや、バスケ部エースをもってしても反応出来ないほど。まるで獲物に飛び掛かる捕食者だな。そして捕食者は一度抱き着いたら離れない。

「捕まえたよ、哀ちゃん。一人だけ逃げようたってそうはいかないんだからね！　それにしても……バスケ部で毎日運動しているだけあっていい身体《からだ》してますなぁ。無駄な肉はない上に適度に引き締まっている。そして哀ちゃん……キミは着やせするタイプだね？」

「ちょ、ちょっと秋穂！　どこ触っているのさ⁉」

「ぐへへ……良いではないか、良いではないか」

大槻さんは二階堂のウエストを触るだけでは飽き足らず、その手を触手のように気色悪く動かしながら禁断の花園、すなわち果実へと伸ばした。二階堂は顔を真っ赤にして抵抗するが、大槻さんの巧みなオフェンスに翻弄されている。

「ハァ、ハァ、ハァ……制服越しでもわかるハリと弾力。これは良い物ですなぁ」

「んぅ……秋穂、いい加減に……んぅ」

鼻息を荒くしながらセクハラ親父《おやじ》と化した大槻さんと、声に色艶が混じり始める二階堂。明和台《めいわだい》の王子様の意外な一面に、男子女子拘《かかわ》らずクラスメイト全員がごくりとつばを飲み込む音が聞こえた気がした。というかいい加減にしろ。

「あ痛いっ！　何をするのさヨッシー！　か弱い女の子にいきなりチョップをするのは酷《ひど》いと思うんだけど⁉」

「いや、高二になった初日に教室でいきなり二階堂のことを弄《まさぐ》る大槻さんのほうがよっぽどひどいと思いますけど⁉」

「うわぁぁ……吉住ぃ。どうしよう、私お嫁に行けない身体にされちゃった！」

二階堂、ここでの悪ノリは状況を好転させるどころか悪化させるだけだからな？　俺に寄り掛かってくるな。ほら、楓さんの頬がみるみるうちに膨らんでいるじゃないか！

「二階堂さん、勇也君だけはダメです！　勇也君のお嫁さんになるのは私です！　定員一

名はもう予約済みであとは婚姻届を書くだけですから！」

膨らんだ頬が見事に爆発四散した。それがもたらした被害は甚大《じんだい》で、男子は声にならない悲鳴を上げ、女子はうっとりと羨望《せんぼう》のため息をつく。あっという間に教室が混沌《こんとん》に包まれる。

だがその甲斐《かい》あって大槻さんは引き攣《つ》った笑みを浮かべて大人しくなり、二階堂は口を真一文字《まいちもんじ》に結んで押し黙った。

「結婚おめでとう、勇也。ご祝儀《しゅうぎ》はいくら包めばいいかな？」

「……伸二。お前なぁ……」

相変わらずの人を小馬鹿にするような笑顔で伸二が言った。そうなることは高確率で決定しているとはいえご祝儀って。

「いくらなんでも気が早すぎるぞ。そもそもまだいつどこで式を挙げるとか話すらしていないんだぞ？」

「うん、突っ込むところがそこなんだね。勇也と一葉さんと同じクラスになったらこうなることはわかっていたとはいえ辛《つら》いなぁ」

肩をすくめてわざとらしくため息をつく伸二。そんなつれないことを言うなよ、相棒。俺とお前の仲じゃないか。

「確かに勇也のことは親友だと思っているけど、毎日砂糖をぶん投げられたらさすがに距離を取りたくなるよ」

「いや、砂糖って……それを言うならお前と大槻さんだって同じだと思うけどな。毎日バカップルぶりを見せつけられると思うと胃が痛いよ」

「ハッハッハッ。勇也と一葉さんには敵《かな》わないよ。このメオトップルめ」

「ハッハッハッ。お黙り、バカップル」

このやりとりも最早《もはや》定番となりつつある。そして今年はもっと増えるんだろうなとぼんやり考えていると、教室の扉がガラガラッと開いて担任の先生がやって来た。

「おはよう！　みんな席に着け。ホームルームを始めるぞぉ」

背は小さいが筋肉質でガタイのいい肉体派教師。体育の担当教師で名前は藤本隆《ふじもとたかし》先生。明和台高校の運動系の部活で唯一全国大会の常連である陸上部の顧問を務めており、生徒想《おも》いで評判の良い先生だ。

「今日から一年間、君達の担任を務める藤本隆です。どうぞよろしく！　さて、早速で申し訳ないが、簡単な自己紹介をしてもらうぞ。トップバッターは……よし！　今日が合った吉住君からやってもらおうか！」

藤本先生が〝自己紹介〟と言った瞬間に目を逸《そ》らしたけど、しっかりばっちりバレていたみたいだった。

第3話 ● 会いたかったよ、楓ねぇ！

I'm gonna live with you not because my parents left me their debt but because I like you

翌日は入学式を終えた新入生の初登校日でもある。宮本《みやもと》さんの娘の結《ゆい》ちゃんと会えるかもしれない。楓《かえで》さん大好きっ子と言うから敵対視されなければいいのだが。

「そこは大丈夫です！　私がきっちり説明しますから！」

申し訳ないけど楓さん。それを聞いてむしろ不安になった。

最寄り駅から楓さんと手を繋《つな》いで歩いているといつも以上に視線を感じた。その要因は間違いなく新入生だ。みんな日本一可愛《かわい》い女子高生に選ばれた楓さんに見惚《みと》れて息を飲んで立ち止まっている。

「…………」

「どうしたの、楓さん？　キョロキョロしているけど誰か探しているの？」

隣にいる楓さんがまるで何かを警戒するかのように忙《せわ》しなく視線を動かしている。見えない敵に追われているスパイ映画の主人公でもあるまいし。

「いえ、そういうわけではないんです。勇也《ゆうや》君は誰にも渡しませんという私なりの警告を飛ばしているだけです」

「……はい？」

思わずアホな声で聞き返してしまった。この状況でどうしてそんな発想になるのかわからない。視線の矛先は俺ではなく楓さんに集中しているからその台詞《せりふ》は俺が言うべきものだ。

「勇也君、前にも言いましたがあなたはもっと自分の魅力に気付くべきです！　その証拠に、新入生の女の子の視線は勇也君に向いているんですから」

腕に組みつきながら上目遣いで楓さんが言った。いやいや、俺のことを新入生の女子が見ている？　ハハハ、そんな馬鹿な。仮にそうだったとしても楓さんの隣にいるあの男は何だっていう意味じゃないか？

「違います。私にはわかります。あの目は私と同じ目をしています。そして聞こえてくるんです。『うわぁ……あの男の人カッコいい……』という彼女達の心の声が！」

残念ながら俺には道行く新入生達の心の声は聞こえないので楓さんの言っていることがいまいちピンとこない。

「自分で言うのもなんだけど、俺はそんなモテたりしないからね？　まぁモテたい欲ももうないんだけど」

「んぅ……今日から始まる部活勧誘できっと大変なことになると思います。勇也君目当てにマネージャー志望の女子が殺到です」

人の話を完全に無視して一人で唸《うな》る楓さんだが、果たしてそんなことが起きるだろうか。と言うか俺や伸二《しんじ》の所属しているサッカー部に女子が集まっても困るだけだ。むしろ男子に来てもらわないと困る。

「今日も朝から見せつけてくれるね、吉住《よしずみ》」

ポンと肩を叩《たた》かれて振り向くと笑顔を浮かべた二階堂《にかいどう》がいた。相変わらず朝から爽やかだなぁ。彼女の登場により周囲がさらにざわつき始める。

無理もない。日本一可愛い女子高生の楓さんに『明和台《めいわだい》の王子様』なんて呼ばれている男子よりイケメンな二階堂が加われば漫画みたいな世界になるよな。

「変わらず仲睦《むつ》まじいのは良いことだけど、ほどほどにしておかないと新入生の目には毒だよ？」

「確かに、もし俺が新入生の立場でとんでもなく可愛い女の子の先輩が男と一緒に並んで歩いていたら殺意を抱くな」

「……それは女子の立場からしても同じことが言えるんだけど……一葉《ひとつば》さん、もしかして吉住の奴《やつ》、わかってない？」

「そうなんです。二階堂さんの言う通り、勇也君は自分のことを過小評価している節があって……」

それは難儀だね、と苦笑いをする二階堂とため息をつく楓さん。いや、だからどうしてそういう話になるんだよ。二人して俺をからかっているのか？

「大変だろうけど頑張ってね、一葉さん」

それじゃまた後で、と言い残して二階堂は走り去っていった。カバンを肩に担《かつ》いでさっそうと駆ける後ろ姿は美しいの一言に尽きる。写真に収めてコンテストに応募すれば優秀賞を獲得出来るんじゃないか？　もちろん最優秀賞は楓さんの笑顔だけど。なんちって。

「もう……勇也君てば言い過ぎですよ。それに私の笑顔は勇也君だけのものですよ？　なんちゃって」

なんて我ながらあほな会話をしながら歩き、ようやく校門が見えてきたその時――

「――楓ねぇ‼」

響き渡る透き通った声で楓さんの名を呼びながらこちらに駆け寄ってくる一人の女子生徒。朝の陽《ひ》ざしを浴びて瞳に浮かべた水滴が輝きを放っている。勢いそのままに楓さんの胸に飛び込んだ。

ガバ

「やっと会えた……やっと会えたよぉ……！　もう一生会えないかと思ったよぉ！」

楓さんの胸の中で涙を流す女子生徒。新入生だと思うが、楓さんのことを知っていてここまで親しいということはもしかして彼女が例の────？

「もう。相変わらず結ちゃんは大袈裟《おおげさ》ですね。私をたずねて三千里でも歩いてきたんですか？」

苦笑いをしながら可愛い妹分を撫《な》でる楓さん。やっぱりそうか。この子が宮本さんの一人娘で明和台高校に入学した結ちゃんか。楓さんに頬ずりをしている様はまるで子犬のようだ。

ハーフアップのツインテールにまとめているにもかかわらず柔らかさが見て取れる金砂のような髪が、太陽を浴びて眩《まぶ》しく輝く。染料では決して再現出来ない本物の黄金がそこにあった。ビスクドールのような可愛らしい顔立ちで年相応の少女の可愛らしさがある。

楓さんと比べると背が低く、まだ幼さが残っているがそれは楓さんがすでに完成された女神様なだけであってこれが普通だ。決して彼女が幼児体型というわけではない。

「えへへ。楓ねぇに頭を撫でてもらうの久しぶりで嬉《うれ》しいなぁ。そしてこの胸は最高だよねぇ。たまらねぇぜ」

おや、外見から感じ取るイメージはどこぞの国のお姫様だと思ったが違うのか？　まるで酔っぱらいの中年オヤジのような発言をしているが大丈夫か？　しかも口元がかなりだらしない。

「ところで楓ねぇ。気になることがあるんですがいいですか？」

「いいですよ。でもその前に私の胸に頬ずりするのをやめてください」

「えへへ……ごめんごめん。だって楓ねぇのおっぱい柔らかくて気持ちいいんだもん」

ポリポリと頭を掻《か》きながらいったん離れる結ちゃんと頬を若干赤くしながらゴホンと咳《せき》払《ばら》いをする楓さん。まぁ頬ずりしたくなる気持ちはわかる。あれは人をダメにする最高級のクッションのようなものだからな。一度埋もれたら抜け出すには鋼の意志がいる。

「では改めて。楓ねぇ、そちらにいらっしゃるイケメンさんは誰ですか？」

こら、人を指差すんじゃありません。それをしていいのは名探偵だけです。

「ダメでしょう、人を指差したら。この超絶カッコいいイケメンな男性は吉住勇也君。私の彼氏で未来の旦那さんです」

楓さん、その紹介はどうかと思うよ!?　あとカッコいいとイケメンでは意味が被《かぶ》っているからどっちかにしてくれ！　ただ未来の旦那さんっていうのは嬉しいけどね。

「そして勇也君。もうお気づきかと思いますがこの子は宮本結ちゃん。宮本さんの一人娘で私にとっては妹のような子です」

「は、初めまして！　宮本結です！　楓ねぇには小さいころからと――ってもお世話になっていて本当のお姉ちゃんみたいな人です！」

満開の桜のようなはじける笑顔で楓さんの腕に抱き着く結ちゃん。だが気のせいか、表情は笑っているがその瞳は笑っていない。むしろ殺意のようなものを感じる。

「だから結ちゃんにとって勇也君はお兄さんのような存在になります。これから仲良くしてくださいね？」

「わかってるよ、楓ねぇ。楓ねぇの未来の旦那さんなら私にとっては義理のお兄さんみたいなものだし？　な、仲良くするよ！」

すぅと俺の前に立った結ちゃんは右手を差し出してきた。俺の感じた殺気は勘違いだったのか？

「これからよろしくお願いします、吉住先輩！」

「あ、あぁ。こちらこそよろしく」

ぎゅっと握手を交わしたのだが、心なしか力を込めて握っていないか？　女の子の握力なので全然痛くないから気にならないけど。などと思っていたら結ちゃんは顔を真っ赤にして歯を食いしばっていた。

「むぐぐ……これは手ごわい……だけど私は負けませんからね」

「……はい？」

「楓ねぇは私だけの楓ねぇです。絶対に渡しませんっ」

殺気増し増しで睨《にら》みつけながら楓さんには聞こえない小さな声でそう宣言すると結ちゃんは俺の手を解放した。そして再び楓さんの腕を取るとふにゃっとした顔になる。なんだよ、その早変わりは。変面師か。

「えへへ。楓ねぇと毎日一緒だぁ！　嬉しいなぁ！」

「こ、こら！　結ちゃん離れてください！　私は勇也君と手を繋《つな》ぎたいんです！」

「いいじゃん！　私だって楓ねぇと密着したいの！　中学の時まったく摂取出来なかった楓ねぇ成分を補充しないといけないだもん！」

楓さん成分ってなんだよ、とは問うたりはしない。なぜなら俺もその気持ちが痛いほどわかるからだ。課外合宿の時に数日間楓さんと一緒のベッドで眠れなかっただけで寂しかったからな。一度楓さんに包まれながら眠るとそれがなくてはもう駄目な身体《からだ》になってしまう。そういう魔力を秘めている。

「ゆ、勇也君！　助けてください！」

グイグイと結ちゃんに引っ張られていく楓さんは空いている手を俺に向けて伸ばすが救いの手を差し伸べることはあえてしなかった。久しぶりの再会なんだ。今日くらいは許してあげるのが大人の対応というやつだ。それに教室に行けば隣の席だしな。

「むむむっ。なんて余裕綽々《よゆうしゃくしゃく》な態度。やはり手ごわい」

「え？　結ちゃん何か言いましたか⁉　というかそろそろ離れてください！　一年生の教室は三階でしょ？　私達とは階が違いますよ！」

さすがに新入生だけでなく在校生の視線も厳しくなってきた。結ちゃんは笑顔で楓さんのことを教室まで連行しそうだな。俺は楓さんの手を取って半ば強引に引き寄せたら勢い余ってぽすっと俺の胸に抱き寄せる形になってしまった。やっちまった。

「もう……勇也君てば大胆ですね。お家《うち》まで待てませんか？」

「いや、そういうわけではないんだけどね。というかしなだれかからないで。さすがに恥ずかしいから」

楓さんを離そうとしてもしっかり腰に腕を回して離れようとしない。何が悲しくて新入生の教室近くでおしくらまんじゅうをしないといけないのか。

「あぁ、それじゃ結ちゃん。一日頑張ってね。そろそろ行くよ、楓さん」

この場は強引に引きずってでも歩き出すのが最適解である。楓さんの柔らかい身体と柑《かん》橘《きつ》系の爽やかな香りを手放すのも勿体無《もったいな》いからな。その代わりに羞恥心を犠牲にしなければならないがまぁ今更だな。

「もう……もっと優しくしてくださいよぉ。あっ、それじゃ結ちゃんまた後でね！　高校生活楽しんでね！」

結ちゃんに手を振る楓さんをズルズルと力まかせに引きずりながら俺は教室目指して階段を上る。

「ねぇ、楓さん。くっついているのはいいけどそろそろ自分の足で歩いてくれませんか？」

「えへへ。だが断る！」

ドヤ顔で名台詞《ぜりふ》を吐く楓さんがあまりにも可愛《かわい》かったのでしょうがないなぁと思ったが、その誘惑を断ち切り、頭にポンと手刀を落とす。

「……可愛いけどダメです」

「てへっ。わかりました。ここから先は自分の足で歩きます」

そうは言うものの、教室に着くまで楓さんが俺の手を放すことなかった。そのせいで偶然登校が被った伸二と大槻《おおつき》さんに朝から盛大にからかわれることになった。

第4話 ● 明和台高校の恒例行事

I'm gonna live with you not because my parents left me their debt but because I like you

明和台《めいわだい》高校の春は地味に忙しい。まず一つ目が今日から始まる新入生の体験入部期間だ。これは運動部、文化部関係なく全力で部員確保のためにありとあらゆる手を駆使して奪い合う戦争週間。この争奪戦に敗れれば取り潰しもあるのでどの部も必死になる。

そして二つ目は5月の初めに行われる球技大会である。男子はサッカー、女子はバスケと種目が決められており、体育祭・文化祭に次ぐ一大行事だ。学年関係なく抽選で対戦相手を決めて一試合のみ行うのだが、親御さんも観戦出来るので毎年白熱した戦いとなる。ただ一日ではすべての試合を消化しきれないため、数日にわたって開催されるのが難点だ。

「まぁこの球技大会の狙いは新クラスの団結と新入生との親睦を深めるのが主な目的なのはみんな知っていると思うが、どうせやるなら勝ちに行こうじゃないか！」

拳を掲げながら教卓から身を乗り出す勢いで訴える藤本《ふじもと》先生。

ちなみに去年は、俺達男子勢はサッカー部の先輩が複数いる三年生と当たって敗北。女子は二階堂《にかいどう》の活躍もあって上級生相手に勝利を収めた。

「男子は吉住《よしずみ》と日暮《ひぐれ》がいるからな。それに野球部の茂木《もぎ》もいるし、運動能力が高い男子が揃《そろ》っている。女子もバスケ部不動のエースの二階堂と一葉《ひとつば》もいるからな。しっかり作戦を考えれば上級生と当たっても勝てると思うんだが、どうだ？」

いや、どうだって聞かれても困るよ先生。

「勇也《ゆうや》君、勇也君」

「ん？　なに、楓《かえで》さん」

左隣に座る楓さんがそぉっと机を近づけながら小声で話しかけてきた。どうしたの？

「私は勇也君のカッコいい姿が見たいですっ。全力で応援しますっ」

耳元で囁《ささや》かれた。えへっと蕩《とろ》けるような天使の微笑《ほほえ》みに魅せられて、俺のやる気スイッチがオンになった。楓さんが応援してくれるならやる気を出さないわけにはいかない！

「……おい、伸二《しんじ》」

俺は前に座る親友の椅子を軽く蹴る。どうやら伸二も大好きな彼女に何か言われたようで振り返った伸二の口角は吊《つ》り上がっていた。その瞳は燃えていた。なら、決まりだ。

「先生！　俺と伸二はやる気マックスです！」

「お、おぉ‼　そうか、吉住と日暮はそう言ってくれるか！　他はどうだ⁉」

俄然《がぜん》テンションが上がった藤本先生が俺達以外の男子に発破をかけるが、去年から引き続いて同じクラスになった野球部の茂木を含めていまいち乗り気ではない。

「皆さん、球技大会頑張りましょう！　私も全力で応援します！」

楓さんが応援する、その言葉一つで男子生徒の心に火が点《つ》いた。拳を天に掲げて「やってやるぜぇ！」と絶叫している。俺が言うのもなんだか、みんな単純だ。

「どうせやるなら男女ともに勝ちましょう！　ね、二階堂さん！」

「え、私？　まぁ私もやるからには勝ちたいけど……一葉さんも出てくれるの？」

「もちろんです。やるからには全力で勝ちに行きましょう」

フフッと不敵に笑う楓さん。自信に満《み》ち溢《あふ》れているようだが大丈夫か？　二階堂の運動神経は正直ずば抜けている。俺も体育の授業で見かけたときは度肝を抜かれたぞ。

「そうか、一葉さんが全力を出してくれるなら願ったりだ。そこに吉住の応援があれば完璧かな？」

頬杖《ほおづえ》をついて爽やかな王子様スマイルを向けるな。ドキッとするだろうが。それはさておき、楓さんが全力でバスケの試合に臨むというのなら俺は声が嗄《か》れるまで声援を送るさ。そんなの当たり前じゃないか。

「勇也君の応援があれば百人力です！　１２０％の力で頑張ります！」

「頼もしいね。この調子なら今年も勝てそうだよ。よろしく頼むね、吉住」

「俺の応援でよければいくらでもするさ。二階堂も頑張れよ」

二階堂のバスケをしている姿はつい見惚《みと》れてしまうくらいカッコいいからな。それが楓さんとタッグを組んで全力プレーをしたらどんな化学反応が起きるのか今から楽しみだ。

「……このすけこまし」

「……勇也君の浮気者《うわき》」

楓さんのフグ顔に二階堂のジト目のダブルパンチを食らった。どうしてだよ⁉　という か浮気者⁉　その発言はおかしいと思うよ楓さん！

「フフッ。まだ少し先ですが、勝利を目指して頑張りましょうね、勇也君！」

「そうだね。楓さんに応援してもらって負けるわけにいかないからね。全力で勝ちに行くよ」

「カッコいい勇也君をたくさん写真と動画に収められます……ぐへっ」

＊＊＊＊＊

「楓ねぇ！　お昼時間ですっ！」

元気印もとい嵐のような一年生、結《ゆい》ちゃんが俺達の教室に押しかけてきた。

あの金髪の美少女は誰だと驚くクラスメイトの視線を一手に浴びるが、気にしたそぶりは一切見せずに俺達の元へとやって来ると当然のことのように楓さんの背中に抱き着いた。

それを苦笑いしながらも受け入れる楓さん。

「結ちゃん。来てくれるのは嬉《うれ》しいですけどクラスのお友達と一緒に食べなくていいんですか？」

「いいの！　今日は楓ねぇと再会のお祝いがしたいの！　話したいことたくさんあるし、イケメンな彼氏さんに聞きたいこともたくさん……あれ？」

結ちゃんが俺の隣に座る二階堂を見て言葉を失った。この一年でこの事態に慣れている二階堂はすっと立ち上がって固まっている結ちゃんのそばに寄って、

「初めまして、私の名前は二階堂哀《あい》。れっきとした女だよ。キミの名前は？　なんて呼べばいいかな？」

「あっ……はい。宮本《みやもと》結です。呼び方は……その、お任せします」

「フフッ。そうか。なら結ちゃんかな？　可愛い名前だね」

二階堂は爽やかに微笑んでいる。あれは幾多の女子生徒を虜《とりこ》にしてきた魔性の顔。少女漫画の王子様のごとくアゴくいでもしようものなら卒倒すること間違いなし。現に結ちゃんも顔を赤くしてあわあわとしている。

「え、あっ……えぇと……その……楓ねぇ、助けて！」

パニックの末に結ちゃんが選んだのは楓さんを矢面に立たせることだった。仕方ないですねと苦笑いを浮かべながらヨシヨシと頭を撫《な》でる楓さん。

「アハハ。びっくりさせちゃったかな。ごめんね、結ちゃん」

下手人の二階堂は謝るが、結ちゃんは楓さんの背中に隠れたまま警戒を続けている。やりすぎたかなと頭を掻《か》きながら反省しているが全くもってその通りだ。

「初対面の後輩なのに刺激が強すぎるんだよ。少しは自重しろよな？　新入生の女子をみんな虜にするつもりか？」

「そんなつもりはないけど……ねぇ、吉住。私ってそんなにイケメンかな？　女の子に見えない？」

ションボンとして俺の肩に手を置きながら尋ねてくる二階堂。どうしてそこに自信がないのかわからないが二階堂はどこからどう見ても美少女だ。

バスケで鍛えられた身体《からだ》に無駄な肉はないのに胸部装甲だけはしっかりしているという

矛盾。容姿端麗で中性的な顔立ちとハスキーな声音をしているが、むしろそれが二階堂の魅力だと俺は思う。

「そっか、そっか！　私は美少女か！　吉住がそう言うなら間違いないね！　やっぱり持つべきは友だね！」

「まぁ楓さんには負けるけどな！　ってこら、くっつくな！　離れろ、二階堂！」

男同士がするように気さくに肩を組んでくる二階堂。引き剝がそうにも何故《なぜ》か力を入れて抵抗するし、バシバシと背中も叩《たた》いてくる。地味に痛いのだがそれ以上に痛いのは楓さんの視線だ。ぷくぅと頰を風船のように膨らませて無言の抗議。

「これ以上の密着はダメです、二階堂さん！」

だが風船の空気はすぐに破裂した。拘束から抜け出そうと足掻《あが》いている俺の手を強引に引っ張って救出すると勢いそのまま抱きしめられた。自分がぬいぐるみになったような気分だ。

「ごめんね、一葉さん。ついこれまでの癖で……今後は気を付けるね」

アハハとあっけらかんと笑う二階堂に対してガルルルと警戒心をむき出しにする楓さん。だけどいい加減離してほしい。楓さんの胸に顔を押し付けられているので呼吸が出来ない。このままでは幸せを感じながら窒息死する。助けて！

「フフッ。大丈夫だよ一葉さん。獲《と》ったりなんてしないから。吉住の隣は一葉さんだけのものだからね。でも、そろそろ離してあげたほうが良いと思うよ？」

「い、嫌です！　離しません！　勇也君は私が絶対に幸せにするんだもん！」

あぁ、楓さんの〝だもん〟はいつ聞いても可愛《かわい》いなぁ。あれれ、なんか視界が真っ白になって来たぞ。

「いや、それはいいんだけど……このまま抱きしめていると吉住は息が出来なくてヤバイと思うよ？」

「……え？　あぁぁあああ勇也君⁉　大丈夫ですか⁉　息していますか⁉」

ようやく俺の状態に気付いた楓さんが解放してくれた。空気は美味《おい》しいがあの感触にもっと包まれていたかった。幸せだった。

「フフッ。その蕩け顔を見るに大丈夫そうだね。それはさておき。早く移動しないと昼休み終わっちゃうけどどうする？　今からでもカフェテリアに行く？」

二階堂に指摘されて時計を見るとまだ昼休みの時間は残っているが今から行って席は空いているのだろうか。しかも今日は結ちゃんもいるから六人分。加えて去年の俺達がそうであったように新入生も多く集まるはず。そう考えると絶望的だな。

「ちょうど秋穂《あきほ》から連絡着て、席は六人分確保出来たみたい」

「マジか。大槻《おおつき》さんいつの間に移動していたんだ？」

「一葉さんに勇也が抱きしめられて窒息しそうになったあたりかな？　甘くて耐えられないって言って先に出ていったよ」

伸二は苦笑しながら立ち上がった。甘かったかどうかについて議論をしたいところではあるがとりあえず今は移動をしなければ。待たせれば待たせるほど、大槻さんが泣きわめくことだろう。

「そういうこと。僕は先に行っているから勇也達も早く来てね」

「わかってるよ。楓さん、そういうわけだから行こうか？」

伸二は早足で教室を後にした。それに続くように二階堂も出て行ったが、その直前に口元に笑みを浮かべてウィンクを飛ばしてきた。そして口パクで『ごめんね』と。楓さんをあおるためにわざとやったな。

「勇也君と二階堂さんが目と目で通じ合っています……うぅ……私だって勇也君と以心伝心出来るもんね！　負けないもんね！」

対抗心をメラメラ燃やしている楓さん。二階堂は口を動かしていたからわかっただけであって、以心伝心出来るのは楓さんだけだと思う。なんて言っても今の楓さんには聞こえないと思うんだけど。

「あの……吉住先輩。楓ねぇはいつもこんな感じなんですか？」

姉と慕っていた人が自分の知らない誰かに思えたのか、結ちゃんがこそっと耳打ちで尋ねてきた。

「うん、いつもあんな感じだよ。むしろ結ちゃんの知っている昔の楓さんはどんな感じなの？」

「フッフッフッ。しょうがないですね。先輩がどうしてもって言うなら聞かせてあげますよ！　私の秘蔵コレクションをお見せしながらたっぷりと！」

「おぉ……それは良い！　近いうちに聞かせてほしいな」

「もちろんですとも！　楓ねぇは私の楓ねぇですが、魅力に取り憑《つ》かれた同志でもありますからね！」

どうやらまだライバル心を抱かれているが警戒心は薄まっているようだ。そうでなければ耳打ちで顔を近づけてはくれないだろう。

「結ちゃん、勇也君との距離が近いですよ？　二人で何をコソコソ話していたんですか？　私にも聞かせてください」

若干涙目になりながら楓さんが間に割って入ってきた。そんな彼女の頭をポンポンと撫でる。心配しなくても俺は楓さん一筋だよ。楓さん以外に靡《なび》かないから安心してくださいな。

「えへへ……私も勇也君一筋です。もっとナデナデしてください。なんならハグとかチューでも可です！」

「そ、それはほら……家に帰ったらということで。早くカフェテリアに移動しようか。待たせたら大槻さんがなんて言うかわかったもんじゃないからね」

はい、と頷《うなず》いて楓さんは俺に腕をぎゅっと絡《から》めてきた。柔らかい感触と柑橘《かんきつ》の爽やかな香りで極楽気分を味わいながらカフェテリアへと歩を進めようとした時、至極当然の疑問を結ちゃんがぶつけてきた。

「ねぇ、楓ねぇ。もしかして吉住先輩と一緒に住んでたりするの？」

どうやら宮本さんは俺達のことを結ちゃんに話していなかったようだ。

＊＊＊＊＊

「うぅ……うぅ……吉住先輩に……そんな過去が……ぐすん……」

はい、こちら現場の吉住です。俺達は現在カフェテリアで昼食を食べ終えて談笑しています。そこで先ほど結ちゃんから追及された『同棲《どうせい》疑惑』について回答をしたところ、結ちゃんはボロボロと泣き始めてしまいました。

ちなみに結ちゃんに説明した内容は楓さんのお母さんが考えた脚本で、以前二階堂に問い詰められた時に話した内容と全く同じである。

「ご両親が突然借金残して消えるだなんて……そんなドラマみたいなことってありますか⁉　うぅ……吉住先輩、大変でしたね……」

「あぁ、いや。今は結ちゃんが大泣きしていることの方が大変なんだけどね？」

楓さんが貸したハンカチは大粒の涙ですでにびしょびしょだ。だが、作り話が混じっているとは言え神妙な顔をされよりも大袈裟《おおげさ》なくらい感情を爆発させてくれた方が俺としては気が楽だ。

「吉住には申し訳ないけど、何度聞いてもひどい両親だね。借金残して蒸発するなんて。一葉さんがいなかったら今頃どうなっていたことか……」

「そうだな。高校を辞めて、今頃怖いお兄さんの舎弟にでもなっていたんじゃないか？実際楓さんが来る直前にそういうことを言われたからな」

あっけらかんと答えた俺に対して二階堂は信じられないと頭を抱えた。伸二と大槻さんも言葉を失い、結ちゃんは怖いのかガタガタと震えている。唯一楓さんだけは思い出し笑いをしていた。どうしたの？

「初めてあの方にお会いした時のことを思い出したらなんだか面白くて。あと意外と子煩《こぼん》悩《のう》な一面もあって愉快な人ですよね。勇也君が慕うだけことはあります」

言われてみれば楓さん、タカさんとの初対面の時に強気な態度で接していたからな。しかも物言いも結構辛辣だった。女子高生相手に容赦なく凄《すご》むタカさんに対して、

『そうやって凄めば怖がると思っているところが何と言いますか……単細胞ですね。あ、失礼しました。あなたと単細胞生物を比べたら単細胞生物に失礼でした。ごめんなさい。それとそのネクタイ、ダサいですよ』

とか微笑《ほほえ》みながら言っていたよな。信じられないくらいの毒舌に俺はもちろんタカさんも面食らっていたなぁ。

「あ、あの時は必死だったんです！　勇也君を助けないといけないって思ったら勝手に言葉が出てきたんです！」

あわあわと手を振って弁明する楓さんの仕草がすごく可愛くて、どんよりと重苦しかっ

た空気に光が差した。結ちゃんの頬を伝っていた涙も止まり、落ち着きを取り戻したみたいだ。

「でもでも！　吉住先輩が楓ねぇにふさわしいかどうかは別問題です！　えぇ、私はまだ認めたわけではありませんよっ！」

楓さんから借りたハンカチを握りしめながら俺のことを指差して力強く結ちゃんは言った。元気が戻ってきたのは何よりだが人のことを指差したらダメだって今朝言われたばかりなのにもう忘れたのか？

「結ちゃん……勇也君を指差したらダメですって言いましたよね？　それなのにどうしてまたするんですか？」

「ひっ――――！　ご、ごめんなさい！　もうしないから許して、楓ねぇ！」

気のせいだと思うが楓さんは笑っているのにその背中に物騒な得物を構えた般若《はんにゃ》が見える。だがそれは二階堂や伸二達にも見えているようで引きつった顔になっていた。滅多に怒らない人が怒ると怖いというのは本当だったんだな。

「まったくもう……いいですか、結ちゃん。勇也君はとても素敵な人なんですよ？　それを今から私が教えてあげますからよく聞いてくださいね？」

ヤバイな。ここから先は俺にとっても褒め殺しという名の地獄になる。同様に危険を察知した二階堂達とアイコンタクトをしてこの場を離れることを選択。結ちゃんには申し訳ないが犠牲になってもらおう。

「一葉さん、私は先に戻ることにするよ。久しぶりの再会を邪魔するのも申し訳ないからね」

「うんうん！　そうだよね！　これ以上私達がいたら積もる話も出来ないもんね！　シン君、私達も教室に戻ろうか！」

「そうだね。勇也と三人でゆっくり話して交友を深めるといいよ」

こら、伸二！　お前、裏切るつもりか⁉　俺も一緒に行かせてくれよ！

「キミはダメだよ、吉住。結ちゃんは一葉さんの妹みたいな子なんだから、しっかり仲良くならないと」

そう言って意地悪な悪魔のような笑みを浮かべる二階堂。その瞳にあるのは愉悦の感情。俺が生き地獄に悶《もだ》えるさまを想像して楽しんでいるに違いない！　この薄情者！

「それが宿命というものだよ、吉住。それじゃ、達者でね」

ポンと肩に手を置いてからバイバイ、と軽く手を振ってカフェテリアを後にする二階堂。ちくしょう、爽やかスマイルで去って行くのは卑怯《ひきょう》だぞ。慌ててその後ろについていく伸二と大槻さん。伸二の奴《やつ》、戻ったら覚悟しておけよ。

「フフッ。それじゃ結ちゃん。残りの時間、たっぷり勇也君の魅力を語ってあげますね。まずは私が勇也君を好きになったところからですね！」

俺はため息をついて喜々として話し始める楓さんを眺めることにした。死ぬほど恥ずかしいけど楓さんがどんな風に思ってくれているのか興味はあるからな。結ちゃんも覚悟を決めたのか少し前のめりになって傾聴の体勢を取る。

「今でもはっきり覚えています。あれは去年のある夏の日――」

楓さんの語りは昼休みの終わりを告げるチャイムが鳴るまでノンストップで続いた。だが本人曰《いわ》く全体の三割にも満たないそうでひどく不満げだった。

「まだまだ話したりません！　結ちゃん、学校が終わったら家に来てください！　続きをたっぷり聞かせてあげます！」

「ごめん、楓ねぇ。また今度にして。今日はもうお腹《なか》いっぱいだから……」

「どうしてそんなこと言うんですか⁉　これからがいいところなんですよ⁉　勇也君からの告白とかすごく素敵なんですよ！　聞きたくないですか⁉」

「うぅ……もう勘弁してぇ！　吉住先輩の魅力というより楓ねぇの惚気《のろけ》話だよぉ！　聞いてるこっちが恥ずかしいよぉ！」

結ちゃんは叫びながらカフェテリアから逃げ出した。その背中をキョトンとした顔で見つめながら楓さんは一言。

「ねぇ、勇也君。私、惚気ていましたか？」

自覚がないって怖いね！

＊＊＊＊＊

「はぁ……散々な目に遭ったな」

ため息をつきながら俺は部室から出る。春になったとはいえ日が沈むと肌寒い。汗もかいているので早く家に帰ってシャワーを浴びたい。

今日の部活は毎年恒例の体験入部に来た新入生と在校生の練習試合だったのだが、いつも以上に理不尽だった。

新入生からは殺意のこもった本気のスライディングタックルを仕掛けられたり。味方からは無駄に走らせるロングパスを何度も出されて追いかける羽目になったり。とにかく酷《ひど》かった。やる気に溢《あふ》れているのはいいことだが方向性が若干違う気がする。

それもこれもすべて楓さんがニコニコ笑顔でグラウンドを眺めていたことが原因だ。時折飛んでくる声援に元気を貰《もら》えたが、同時に殺意も増すので考えものだ。

「あっ、吉住先輩！」

悩みながら歩いていると聞き知った声に名前を呼ばれて振り返ると結ちゃんがこちらに向けて手を振っていた。その隣には二階堂もいる。

「お疲れさまです、吉住先輩！　もしかして一人残って練習をしていたんですか？」

「結ちゃんもお疲れさま。うん、そうだよ。もう日課みたいなものだからね」

俺が苦笑いをしながら答えると、結ちゃんはへぇと感心したような声を上げた。そもそもどうして俺が居残り練習をしていることを知っているんだ？

「二階堂先輩から吉住先輩は入部してからずっと一人で居残り練習をしているって聞いたんです！　すごい、本当にその通りだった！」

突然後輩から感心の眼差《まなざ》しを向けられて、俺は背中がむず痒《がゆ》くなった。お願いだからそんなキラキラとした目で見ないでくれ。

「後輩に慕われるのはいいことじゃないか、吉住」

二階堂が笑いながら俺の肩をバシバシと叩《たた》いてくる。地味に痛いからやめてくれ。あとどうして二人ともこんな時間まで残っているんだ？　今日はただの体験入部のはずだろう？

「それはですね、二階堂先輩が残って練習すると言うので一緒に私も残ったんです！　歓迎試合も鬼が宿っていてすごかったんですよ！」

「鬼とはひどい言い草だね。そもそもの原因は結、キミだよ。まさか中学の時にバスケで全国大会に出場していたとはね。しかもエースで」

ハァと大きなため息をつきながらぼやく二階堂。俺もマジかよと思わず呟《つぶや》いて結ちゃんを見ると、彼女はえへへと照れ臭そうに笑っていた。全国大会出場経験者がまさかこんな身近に現れるとは。それを言ったら楓さんは日本で一番可愛《かわい》い女子高生だけども。

「おかげで和気あいあいとした新入生歓迎試合がいつの間にか本気の紅白戦になって大変だったよ」

「いやぁ……本気になった二階堂先輩は本当に凄かったです！　一人だけレベルが違うというか、まさしくエース！　味方でよかったです！」

「それは私も同意見だよ。出来ることなら球技大会では当たりたくないね」

二階堂、笑っているがそれは俗にいうフラグと言うやつだと思うぞ。でも二階堂＆楓さん対結ちゃんの試合は盛り上がること間違いなしだ。

「それにしても結ちゃんはどうして明和台を選んだの？　エースとして全国大会出場する

くらいだったらバスケがもっと強い高校に進学したらよかったんじゃない？」

「周りからもたくさん言われましたけど、私は楓ねぇと一緒の高校に通いたかったんです。楓ねぇのいない高校生活なんて味のないガムと一緒ですからね」

ぺっぺっと唾を吐く真似《まね》をする結ちゃん。見た目は綺麗《きれい》な金髪の美少女が粗暴な仕草をするとギャップがすさまじい。楓さんが見たらきっと〝めっ〟って叱るだろうな。フフッ、なんだか姉妹みたいで微笑ましいな。

「……なるほど。楓ねぇがいなくても吉住先輩は幸せオーラをまき散らすんですね」

「……っん？　どういう意味？」

「今の吉住先輩、ものすご――――く、デレデレした顔になっていますよ？　楓ねぇのこと好きすぎじゃないですか？」

口元に手を当てて意地の悪い笑みを浮かべる結ちゃん。そんな言うほどデレた顔をしていたか？

「惚気オーラもほどほどにしなね？　結から聞いたけど、一年生の男子君達がキミと一葉さんのストロベリーなオーラに軒並みやられているみたいだからさ」

「そうです！　吉住先輩と楓ねぇが所かまわず突発的にストロベリーな空気を作るからクラスメイトの男子は死んだ顔をしているんです！　少しは自重してください！」

そんな馬鹿な。大槻さんと仲二じゃあるまいし、所かまわず俺と楓さんがいちゃついているなんてことはない。

「でもまぁ男子と同じくらい、女の子達もため息をついているんですけどね」

「ん？　それこそ意味がわからないんだが？」

「そのままの意味ですよ！　吉住先輩は同級生の男子と比べたら各段に大人な男性に見えるんです。女の子はそういうのに弱いものなんです！　ですよね、二階堂先輩⁉」

「こ、ここで私に振るのか⁉　あ、あぁ……うん。そうだね。吉住は確かに他の男子と比べても大人びているというか、芯があるというか……」

ブツブツと呟く二階堂。俯《うつむ》いているのでよく見えないが、心なしか頬が赤くなっているようだが気のせいか？

「うるさい、夕陽《ゆうひ》のせいだよ！」

「……とっくに沈んでいるけどな」

素直なツッコミを入れたらもう一度うるさいと言われた上にカバンで殴られた。だから地味に痛いんだけど。

「……二階堂先輩と吉住先輩って仲がいいんですね。なんか男女の垣根を超えた友情的なものを感じます」

むむと眉間にしわを寄せて何かを感じ取る結ちゃん。確かに二階堂とは色々と趣味も合うし、一年間ずっと隣の席だったからな。仲二と同じくらい仲がいいのは間違いない。まぁ二階堂がどう思っているかはわからないが。

「トンビの姿をしたドラゴンが現れなければなぁ。ハァ……この朴念仁め」

わざとらしくため息をつきながら何かつぶやく二階堂。悲しいことになんて言ったかは聞き取ることが出来なかったが悪口を言われたような気がする。

「何でもないよ。吉住は一葉さんとイチャイチャしていればいいんだよ。私は結をお持ち帰りするから」

「ちょ、二階堂先輩⁉」

そう言って二階堂は結ちゃんの腰に腕を回して優しく抱き寄せた。結ちゃんは突然のことに驚き、顔を真っ赤にして慌てふためいている。「助けてください、吉住先輩！」と目で訴えてきているが、

「ごめんね、結ちゃん。楓さんを待たせているから俺はこの辺で失礼するよ。二人とも、気を付けて帰るんだぞ」

結ちゃんには申し訳ないが俺は逃げるを選択させてもらうよ。バスケ部の先輩と後輩同士、親睦を深めてくれたまえ！

「んぅ……吉住のバカ」

「ちょ、吉住先輩後生ですから助けてください！」

腰をギュッと力強く抱き締められて、ヘルプミーと手を伸ばして助けを求める結ちゃんからそっと目を逸《そ》らして俺は楓さんが待っている教室へと急いだのだった。

＊＊＊＊＊

それから数日経《た》ったお昼休み。いつものメンバー＋結ちゃんとカフェテリアで昼食を食べているのだがある人物の様子がおかしかった。

「うぅ……まさか本当に結のクラスと対戦することになるなんて……」

二階堂はテーブルに突っ伏しながらもう何度目にもなる嘆きの言葉を呟いた。

和気あいあいと食事をしているところに神妙な面持ちで学級委員長が5月に行われる球技大会の対戦相手が決まったと報告しに来た。その結果、女子のバスケは結ちゃんのクラスと、男子のサッカーは三年生のクラスとそれぞれ対戦することになったのだった。

「見事なまでのフラグ回収だったな。なぁ二階堂。今どんな気持ちだ？」

「うるさい！　私だってこんな綺麗に回収されるとは思っていなかったよ！　ここぞとばかりに煽《あお》って来ないで！」

顔を上げてシャァと威嚇したかと思えば、すぐに萎《しお》れた花のようにテーブルにへたれこむ二階堂。情緒が不安定すぎるぞ。

「シン君は大丈夫なの？　相手のクラスにはサッカー部の主将を含めて部員が多かったはずだけど？」

「どうかなぁ……まぁ確かにサッカー部は多いから苦戦はすると思うけど、こっちには勇也がいるから大丈夫だよ」

お気楽に言いながら俺に視線を向けてくる伸二。俺達二年二組にいるサッカー部員は俺と伸二だけだが茂木をはじめとして運動部は多いのでいい勝負になるだろう。

「そうだねっ！　楓ちゃんの応援があればヨッシーにとっては鬼に金棒だよね！　これは勝ったも同然だね！」

ニャハハッと大槻さんは笑い、楓さんは任せてくださいと言わんばかりにドンッと胸を叩く。そんな俺達を見て俺の左隣に座っている結ちゃんがカフェオレを飲みながら、

「せっかく楓ねぇに応援してもらえると思ったのになぁ。まさか対戦することになるなん

て……吉住先輩、どうしたらいいと思います？」

腕を掴《つか》んで尋ねて来ないでください。俺の右隣に座っている楓さんの頬にどんどん空気が送り込まれて破裂寸前になっているからね？　あとあえて答えるとすれば全力でぶつかって、自分の成長した姿を楓さんに見せたらいいんじゃないかな？

「なるほど！　忖度《そんたく》なしのガチンコファイトクラブってやつですね！　確かにそれは燃えますね！」

「ふっふっふっ。結ちゃん、随分と勇也君に懐《なつ》いているみたいで私はすごく嬉《うれ》しいです。でもそろそろ離れましょうか？」

膨らんだ風船は破裂し、楓さんは顔こそ笑っているが目は笑っていない複雑怪奇な表情で結ちゃんを見つめた。うん、正直言って怖い。

「うわぁぁん！　楓ねぇの目が笑ってないよぉ！　しかも背後に赤髪の剣士が見えませんか？　鬼のボスも裸足《はだし》で逃げ出す最強の剣士さんですよ、あれ！」

結ちゃん、それ以上はいけない。ネタには色々あるけど、そのネタはかなりデリケートで触れてはいけないやつだ。まぁそれくらい楓さんの怒りが具現化しているってことでもあるんだけど。あと助けを求める相手は俺じゃなくて二階堂とかにして――っていまだにテーブルに突っ伏しているからダメだな。引きずりすぎだろう⁉

「さぁ、結ちゃん。うだうだ言っていないでそろそろ勇也君から離れましょうか？　そこは！　私の！　場所でしゅ！」

「…………」

「…………」

気まずい沈黙がカフェテリアに流れる。こういう時、どんな顔をすればいいかわからないけど、笑ってはいけないことだけは間違いない。だから大槻さんや伸二も俯いて必死に笑いを堪《こら》えている。

「でしゅ……場所でしゅ……ププッ……楓ねぇが噛《か》んだでしゅ。ププププッ」

こら結ちゃん！　よりにもよって噛んでしまったことをそんな風にいじったらダメだよ！　楓さんだって噛みたくて噛んだわけじゃないんだよ！　それに可愛いじゃないか！　真顔で〝でしゅ〟だぞ！　録音すればよかった。

「うぅ……一生の不覚です。肝心なところで噛むなんて……」

「だ、大丈夫だよ、楓ねぇ。プ、ププッ……すごく、ププッ……可愛かったでしゅよ？　ププッ」

プチンッ、と楓さんの堪忍袋《かんにんぶくろ》の緒が切れる音が聞こえた気がした。そして底冷えするような静かな声で言った。

「……結ちゃん。今度の球技大会……覚悟してくださいね？」

「……へ？」

「フフフ……私の全力中の全力を見せてあげます。せいぜい楽しませてくださいね？」

祝え。魔王〝一葉楓〟がここに誕生した瞬間である！　なんてことを叫びたくなるくらい、楓さんの瞳は激情に燃えていた。けれど纏《まと》う空気はどこまでも冷たくて、まさに最強最悪の魔王様だ。

「さぁ、勇也君。お昼休みもそろそろ終わるので教室に戻りますよ？」

「は、はい……かしこまりました」

魔王様の執事になった気持ちで俺は楓さんの後に続いた。行かないでくださいと必死に手を伸ばす結ちゃんにごめんねと心の中で手を合わせた。まぁ調子に乗った結ちゃんも悪いと思うから自業自得《じごうじとく》かな。

「勇也君。さっきのことは忘れてくださいね？　脳内メモリから可及的速やかに削除してください」

噛んじゃったことをよほど気にしているのか、楓さんは歩きながらボソッと言ってきた。いや、忘れられるものなら忘れたいのだが、残念ながら難しいかな。

「どうしてですか⁉　勇也君もいじるんですか⁉　私だってたまには噛むときだってあり

ますよ！」

「いや、そういうわけじゃなくてね。単純にすごく可愛《かわい》かったから。噛んだ時も、噛んだ後の恥ずかしくて真っ赤な顔も全部ね。だから忘れることはできないかな」

「も、もう……勇也君の馬鹿」

耳まで赤くしながら言って、楓さんは俺の隣に並んでギュッと手を握ってきた。指を絡《から》めて恋人繋《つな》ぎをする。生徒の目もちらほらあるが気にすることなく俺達は教室へ戻った。

閑話 ● 王子様のファン

I'm gonna live with you not because my parents left me their debt but because I like you

私こと二階堂哀《にかいどうあい》は、皆が帰って静かな体育館で一人居残ってシュート練習をしていた。球技大会とは関係なく、これは日課のようなものだ。誰かさんが毎日飽きずにグラウンドで練習しているのを見たからではない。

まもなく開催される球技大会の対戦相手が発表され、今年の相手は一年生に決まった。下級生ということでみな喜んでいたが私はむしろ頭を抱えた。相手がバスケ部期待の新人の結《ゆい》がいるクラスだからだ。

「まさか結が中学の時にバスケで全国大会に出場したことがあるとはね。しかもレギュラーでエースだったなんて」

入部の挨拶の時、結が恥ずかしそうに話していたのは記憶に新しい。明和台《めいわだい》高校バスケ部はよくて地区大会を勝ち上がれるかどうかで、レベルは決して高いとは言えない。だから全国経験者の結がレギュラーを勝ち取るのは時間の問題だろう。

結一人でも手に負えないのに、彼女のクラスには結以外にもバスケ部入部者がいる。対して私達のクラスでバスケ部は自分だけ。一葉《ひとつば》さんの運動神経は折り紙付きだが、バスケは未経験というのは不安材料だ。

「これはかなり苦戦しそうだな――――っと！」

雑念を振り払うように私はシュートを打つ。綺麗《きれい》な放物線を描いたボールは惜しくもリングに阻《はば》まれ、明後日《あさって》の方向に弾《はじ》き飛ばされた。やれやれ、拾いに行かないと。

「いつもお疲れ様です、二階堂先輩！」

いつからそこにいたのだろう。制服姿の男子生徒が私のボールを拾ってくれた。

「え？　あぁ……キミは確か……男子バスケ部の新入生の――――？」

ついこの間まで中学生だったので身体《からだ》つきもまだまだ華奢《きゃしゃ》で、天然パーマで容姿は整っているがカッコイイというより可愛い系だ。でもきっと大人になれば精悍《せいかん》な顔つきになるだろう。

「はい！　一年四組の八坂保仁《やさかやすひと》です！　覚えていてくれて嬉しいです！」

満面の笑みではしゃぐ八坂君には申し訳ないが、男子バスケ部とは一緒に練習しているから顔を見かけたことがあるくらいで名前まではわからなかった。

「よろしくね、八坂君。それで、部活はとうに終わっているのにどうしてキミは体育館に？　何か忘れ物でもした？」

「えぁっ⁉　えぇ……と。それは、その……二階堂先輩が残って練習していると聞いて見学に……」

アハハと照れ笑いを浮かべて頬をポリポリと掻《か》く八坂君。わざわざ私の練習を見に帰《かえ》り際《ぎわ》に体育館寄るなんてこの子は暇なのかな？

「二階堂先輩が一人で練習している姿を俺だけが独占して見学できる。そう考えたらいてもたってもいられなかったんです。だって俺、二階堂先輩に憧れて明和台高校を受験しましたから」

なんてことない風にサラッと八坂君がとんでもないことをカミングアウトした。いやいや、私に憧れて進学先を決めるってどういうこと？　人生の転機をそんな理由で決めてよかったの？

「そもそも私に憧れたって言うけど私と八坂君はどこかで会ったことがあったかな？　もしそうだったら――」

覚えていなくてごめんね、と私が言うより早く八坂君が〝大丈夫です〟と言葉を被《かぶ》せてから、

「俺が二階堂先輩に憧れたきっかけは、夏休みに学校見学に来た時です。たまたまバスケ

部が練習試合をしていて、その時二階堂先輩を見たんです」

去年の夏休み期間中に練習試合を何試合か行ったが、まさかその日と学校見学が被っていたなんて初耳だ。でも試合を見ただけで憧れることなんてあるのか？

「いえ、俺が憧れを抱いたきっかけは試合中というよりはむしろその後の――」

「まだ残っていたんですね、二階堂先輩。おっ、そこにいるのは男バス期待の星の八坂君じゃん！　二階堂先輩の練習している姿をのぞき見した感想はどうだった？」

「結……キミもまだ帰っていなかったのか……」

体育館の入り口に悪い顔をした結が立っていた。まったく。部活が終わったらさっさと帰ればいいのにどうして居残っているんだ？　まぁ私やサッカー部のあいつはこの子達以上に残って練習をしているから何も言えないが。

「なんてことを言うんだよ、宮本《みやもと》さん。俺はのぞき見じゃなくて堂々と見学しに来たんだよ。それにこのことを教えてくれたのは他でもない、宮本さんじゃないか」

なるほど。私が部活後に一人で居残り練習をしていることを八坂君に伝えたのは結だったのか。しかも二人はクラスメイトなのか。随分と親しいみたいだね。

「あっ、誤解しないでくださいね。私と八坂君は単なるクラスメイトですから。それに八坂君は私より二階堂先輩に首ったけみたいですから」

フフフッと意味深に笑う結と、その発言を聞いて慌てふためく八坂君。このやり取りを見て私は微笑《ほほえ》ましく思うと同時に既視感を覚えた。

「憧れの先輩がすぐ近くにいるんだぞ？　その姿を見たいと思うのは普通じゃないか？」

腕を組み、フンと鼻を鳴らしながらぶっきらぼうに八坂君は言った。吉住《よしずみ》じゃあるまいし、そういう恥ずかしい台詞《せりふ》をサラッと言わないでほしい。どんな顔をすればいいかわからないじゃないか。

「なんだ、二階堂もまだ残っていたのか」

「げっ……吉住」

噂《うわさ》をすればなんとやら。肩にかけたタオルで汗をぬぐいながら、私の心をかき乱してやまない男がやって来た。私が頭に思い描いた瞬間に来るなんてタイミングがよすぎじゃないか？

「お疲れ様です、吉住先輩！　今日の居残り練習は終わりですか？　楓《かえで》ねぇは一緒じゃないんですか？」

「楓さんならいつものように教室で待ってもらってるよ。グラウンドでじっと見られていたら恥ずかしくて集中出来ないし、何より部活にならないからな」

一葉さんがグラウンドで吉住のことを応援していたらサッカー部どころか野球部のみん

なまで殺意を抱くことになる。それが分かっているから吉住は全力で一葉さんを説得していた。

「そんなことより。二階堂も練習はそれくらいにしておけよ。そろそろ帰らないとまた怒られるぞ？」

「うん。わかった。片付けるから少し待っててくれるかな？」

一人で出来るシュート練習をずっとしていたので、カゴ一杯にあったボールはさっきの一球で全て打ち尽くした。それもカゴ一つではなく三つほど。そのせいでボールがあちこちに転がり散乱しているから片付けるのも一苦労だ。

「それなら俺も手伝うよ。その方が早く終わるしな」

それが当然のように吉住は散らばったボールを拾い始める。こういうことを自然と出来るところがキミのいいところだよ、と私は心の中で呟《つぶや》く。

「お、俺も手伝います！　というか俺が手伝いますから吉住先輩は大丈夫です！」

まるで対抗するかのように八坂君も片付けに参戦してきた。駆け足で体育館を走り抜け、ボールを拾ってカゴの中へ。そんな一年生を見て吉住はキョトンとした顔で、

「ん？　いや、みんなでやった方が早いだろう？　ほらよっと！」

拾ったボールを八坂君へ強めのパスを出した。あ、そのやり方は効率的かも。私もやろ

うっと。

「ちょ、二階堂先輩もですか⁉　あっ、こら！　宮本さんも投げないで！　しかも連続はダメだって！　痛い、痛いっ！」

最初は頑張ってキャッチしようとしていた八坂君も、私や結がバンバン投げるので次第に受け止めきれずに避け始めた。彼には申し訳ないけど楽しくなってきたな。これはいいパスの練習にもなるな。

「アハハッ！　頑張れ、八坂君！　レギュラーの道は遠く険しいぞ！」

「遊んでないで真面目に片付けろよ……」

八坂君の悲鳴が体育館に響き渡る中、吉住が肩をすくめて呆《あき》れて呟いた。ほら、キミも一緒に投げようよ！

「まったく。一年生君をいじめてやるなよ……大丈夫か？」

「大丈夫です！　むしろ二階堂先輩からのパスは俺にとってはご褒美《ほうび》なんで邪魔しないでください！」

「…………あぁ、うん。わかった。なんかごめんね？」

ぐわっと目を見開いて語気を強めに主張する八坂君に吉住が思わずたじろぐ。よし、そこまで言うならもっとしてあげよう。あ、ついでに吉住も喰《く》らえ！

「うわぁっ⁉　今度は俺に向かって投げるのかよ⁉」

「二階堂先輩のボールは俺の物です！　吉住先輩には渡しませ——ぐはっ！」

結が投げたボールが八坂君の顔面にクリーンヒットして漫画みたいに吹っ飛んだ。ちょっとやりすぎじゃないかな？

「ハッハッハッ！　私の存在を忘れたらダメだよ、八坂君！」

この後、吉住が怒ってボールを投げ返してきたことでドッジボールが始まり、中々戻ってこない吉住を心配した一葉さんが止めに来るまで続いたのだった。

第5話 ● 球技大会編①二階堂哀の奮闘

桜も散り、あっと言う間に球技大会の日を迎えた。まずは女子のバスケからで俺達のサッカーはその後だ。ちなみに俺達の対戦相手はサッカー部の主将が率いる上級生クラスだ。相手にとって不足はない。それはこれから戦う二階堂《にかいどう》も同じだろう。

ちなみに試合時間は変則的で、男子サッカーは前後半三十分ずつの一試合六十分制、女子のバスケは前後半十五分ずつの一試合三十分制で行われる。

女子バスケの会場である体育館は異様な空気に包まれていた。コートから感じる選手達の熱気はすさまじく、それを見守る観客達は固唾を飲んで見守っている。熱気と静寂が同居している、そんな独特の緊張感があった。

無理もない。明和台《めいわだい》高校バスケ部エースと全国大会出場経験のある新入生の対戦は今年の球技大会の目玉の一戦だ。

「シン君！　ヨッシー！　こっちだよぉ！　早く！　早く！」

人の波に逆らうようにかき分けて進み、やっとの思いで体育館の中に入ると、上の方から大槻《おおつき》さんの声が聞こえた。そちらに目を向けると、ぴょんぴょんと跳ねながら手を振っている姿が見えた。ただそのせいで楓《かえで》さん以上の果実が大変なことになっており、男子の視線がそちらに集まっている。

「…………ッチ」

伸二《しんじ》が静かに舌打ちをし、笑顔で身体《からだ》から怒気を放つ。その無言の圧に気圧《けお》された男子達はバッと視線を逸《そ》らした。伸二の独占欲も大概だからな。

「人の彼女を変な目で見るからだよ。勇也《ゆうや》だって一葉《ひとつば》さんがそういう目で見られたらイラッとくるだろう？　それと同じだよ」

まぁ、そうだな。もし楓さんをそういうイヤらしい目で見るような男が近くにいたら、タカさん仕込《じこ》みの眼《がん》を飛ばしてしまうかもしれない。それでも止《や》めないようなら――うん、その時はその時だな。

「あぁ……くれぐれも怪我《けが》だけはさせないようにね？」

伸二が引きつった笑みを浮かべて言った。何を言っているんだね、伸二君。俺は優しくて紳士的な男だよ？　そんな暴力を振るうなんて真似《まね》、するわけないだろう？

「二人とも、何しているの！　早くおいでよぉ！　ハリーアップ！　ＡＳＡＰ！」

可及的速やか《ASAP》に来いと言われてしまったので俺と伸二は駆け足で大槻さんの元へと向かった。彼女が応援席として確保していたのは体育館の二階。コート全体を俯瞰《ふかん》して見られる絶好の観戦ポイントだった。

「フッフッフッ。どうだね、ヨッシー？　ここからなら楓ちゃんと哀《あい》ちゃんの活躍を余すことなく見ることが出来るだろう？　だから全力で応援するんだよ⁉」

　ビシッと人差し指を向けながら、わかった⁉　と聞いてくる大槻さんに俺は苦笑いしながら頷《うなず》いた。気合入っているな、大槻さん。

「もう、秋穂《あきほ》も勇也もくだらないこと話してないでコートを見なよ。試合、そろそろ始まるよ」

　伸二に促されてコートに目をやると、楓さんと二階堂を擁する我が二年二組の選手がコート中央に並んでいた。対するは全国大会出場経験のある結ちゃん率いる一年四組。この両者の戦いは間違いなく激闘になるだろう。

「楓ちゃん！　哀ちゃん！　結ちゃんもみんな頑張れぇ！！！」

　大槻さんが声援を送る。俺も声をかけないと――――！

「楓さ――――ん‼　頑張って――――‼」

　俺の声に反応した楓さんがニコッと笑ってVサインを向けた。やる気も気力も十分のようだ。その隣にいる二階堂もこちらに顔を向けていた。その目が「私には何もないのか？」と訴えているように思えた。仕方ない。

「二階堂‼　かましてやれ！　負けるんじゃないぞ‼」

言い終わると同時に俺は拳を突き出した。それを見た二階堂はフッと不敵な笑みをこぼし、背を向けながら小さく拳を掲げた。任せろと語るかのように。

「頑張れ、楓さん、二階堂」

祈るように呟いたのと試合開始の笛とともにボールが宙を舞ったのは同時だった。

＊＊＊＊

試合は大方の予想に反して静かな立ち上がりだった。観客の誰もが目まぐるしく攻防が入れ替わるハイスピードな展開を予想していたが、司令塔の二階堂はゆったりとした動作でボールを運んでいく。

「落ち着いて！　まずは一本取ろうか！」

凛《りん》とした二階堂の声が体育館に響き渡る。強敵相手だからという緊張はその声音からは感じられず、笑みさえ浮かべている。対してマークにつく結《ゆい》ちゃんからは絶対に抑えるという強い意志がヒシヒシと伝わってくる。

「フフッ。気合が入っているね、結」

「二階堂先輩と本気で戦えるいい機会ですからね、当然です」

つかず離れず。一定の間合いを保つ結ちゃんのディフェンスはさすがの一言に尽きる。二階堂のドリブルも中々切り込めずにいる。パスの出しどころを探すように周囲を確認するが楓さんを含めてみなマークがピッタリついていた。

「仕事はさせませんよ、二階堂先輩」

不敵に笑う結ちゃんから察するに、彼女がとった戦術は相手チームのキーマンを抑え、他の選手はマンツーマンで守るというもの。シンプルだが実に効果的な戦術だと思うが、バスケ部エース相手には甘い。

「――ッツ⁉」

二階堂がギアを上げて急加速。低い姿勢で強引に敵陣に切り込んでいく。結ちゃんの反応が一瞬遅れたがすかさず身体を寄せて進路を塞ぐ。

結ちゃんと身体が交差する直前に二階堂は急停止して再びリズムを変える。緩急をつけ

た動きで結ちゃんを翻弄してマークを引きはがすと、二階堂は美しいフォームでシュートを放つ。ボールは綺麗《きれい》な放物線を描き、そのままネットに吸い込まれた。

「「「おおおぉおぉっぉおぉぉぉぉっぉおぉ――――‼」」」

瞬《まばた》きする間に行われた攻防に会場から拍手と歓声が鳴り響く。仲間からボールを受け取りながら結ちゃんはキッと二階堂を睨《にら》みつける。

「――こんにゃろめ」

パスを回しながら進軍していく一年生チーム。結ちゃんのポジションは二階堂と同じく司令塔。ボールを回しながら攻撃の起点となるか、もしくは先ほど二階堂がやったように自らも攻めて点を稼ぐ、ポイントフォワードという役割である。

「遠慮なく攻めさせてもらうからね！」

敵陣手前で結ちゃんは左アウトサイドの選手にボールを流すと同時に走り込む。当然、二階堂がフリーにはさせまいと付いてくるが構わずパスを要求して受け取ると、

「――よいしょっ！」

逆側、右アウトサイドへ正確なロングパスが通り、受け取った選手は流れるような動作

でシュートを放ち、ゴールを決めた。

「「おおおおおぉぉぉぉぉぉぉぉぉぉっぉお――――‼」」

個人技で点を奪った二階堂に対してチームワークで点を取った結ちゃん。対照的な攻撃と、球技大会とは思えない白熱した一戦に観衆のボルテージも高まっていく。

「……ごめんね、二階堂さん。想像以上に結ちゃんがすごくて何も出来なかったよ」

「大丈夫だよ、一葉さん。それは私も同じだから」

額の汗を拭いながら楓さんと二階堂は短く言葉を交わす。そしてお互い改めて気を引き締める。わずかな油断も許されない。これはそういう試合であると心に刻む。

「取られたら取り返せばいい。吉住《よしずみ》が観《み》ているんだ。カッコいいところを見せないとね？」

「はい！　勇也君からご褒美《ほうび》をもらうためにも、この試合、絶対に勝ちます！」

拳を握り、瞳に炎を灯《とも》して楓さんは敵陣へと駆けて行った。その背中を苦笑いして見つめながら、二階堂は誰にも聞かれないようにボソッと呟《つぶや》いた。

「……私も頑張ったらもらえるかな。吉住からご褒美」

＊＊＊＊＊

前半終了の笛とともに、肺の中にたまっていた熱気をゆっくりと吐き出した。これが球技大会の試合か？　冗談だろう。全国大会決勝だって言われても信じるぞ。

まばたきをする暇もないくらい、目まぐるしく移り変わる攻守。コートを縦横無尽に駆ける選手達から絶えることなく発せられる必死な声。そんな彼女達へ送られるのは「負けるな、頑張れ」という声援。俺や仲二、大槻さんも喉をからす勢いで応援し続けた。

「いい試合だね。前半は互角ってところかな？」

「どうだろうな。点数的には差は開いていないけど、有利なのは結ちゃんのクラスの方かも。何せ経験者が多いから」

チームとしての地力が違う。そう表現するのがいいかもしれない。バスケ部エースの二階堂と切り札の楓さんという突出した二人がいたとしても、チームとして見れば結ちゃんのクラスに劣っている。むしろ二人が揃《そろ》っていなかったらどうなっていたことか。

「後半はもっと経験者との差が出てくるかもね。そうなるとうちのクラスは厳しいかも……」

「そんなこと言わないでよ、シン君！　哀ちゃんと楓ちゃんなら大丈夫だよね⁉　そうだよね、ヨッシー！」

大槻さんが泣きそうな顔で尋ねてくる。困った顔をしている伸二の気持ちはよくわかる。前半はなんとか互角に持ち込めたが、後半は技術や体力といった選手の地力の差が如実《にょじつ》に影響してくる。そうなるとうちのクラスの苦戦は必至。コートに目をやると二階堂が一人で会場から出て行くのが見えた。

深呼吸して一息をついた楓さんと目が合った。笑顔で元気よく手を振ってくるので俺も返した。うん、この調子なら楓さんは大丈夫だな。まだ余力がある。問題はあっちの方か。

「二人ともごめん。ちょっとトイレ行ってくる。試合開始前には戻ってくるから！」

「ちょっとヨッシー⁉　答え聞いてないんだけど⁉」

大槻さん。質問の答えは戻って来てから話すよ。うちのクラスが勝つためには、悩めるエースに激励を送らないとな。

エースはすぐに見つかった。体育館裏でひとり佇《たたず》む姿でさえ、切り取られた一枚の写真のように絵になるのは二階堂か楓さんくらいだろう。

「こんなところで何しているんだよ、二階堂。そろそろ後半始まるんじゃないのか？」

「――吉住!?　どうしてキミがここに？」

「どうしても何も、二階堂が一人で体育館から出て行くのが見えたからな。落ち込んでいるんじゃないかって思って励ましに来たんだよ」

今の二階堂の表情には普段とは違って悲愴《ひそう》感が見えた。まだ試合を諦めているわけではないと思うが、前半の攻防でチームとしての力の差を感じ取ったのだろうか。それほどまでに結ちゃん達は強敵というわけか。

「そうだね。想像以上だった、というのが正しいかな。チームとしての練度がとても高いから驚いたよ。前半は何とかなったけど、後半は正直きついかも」

「……らしくないな、弱音を吐くなんて」

「結の目がね……私に問いかけてくるんだ。〝もっと楽しみましょう〟って。全力の中でも試合を楽しむ余裕があの子にはあるんだよ。私にはそれがない」

クソッ、と足を叩《たた》いて唇を噛《か》み締める二階堂。スポーツをやっている身として、二階堂の持ちは痛いほどわかる。

よく試合を楽しめと言うけれど、それは心に余裕があるからこそ出来ることだ。心に余裕がなければ目の前のことで精いっぱいでそれどころではない。ならどうやったら余裕が生まれるのか。それは練習量に裏付けされた自信や相手との力量差がある時。二階堂の努力は俺もよく知っている。だからこそ悔しいのだろう。でも俺はそれを否定する。なぜなら、

「結ちゃんの余裕はチームを信じているからじゃないのか？　自分がダメでも他のみんなが頑張ってくれる。だから自分は尊敬する先輩との対決を楽しもう。そう思っているんじゃないのかな」

フォア・ザ・チーム。チームが勝つために自分に何が出来るか。そう考えて結ちゃんは試合に臨んでいるのだと思う。だからこその余裕が生まれて、二階堂との本気の対決を楽しんでいるのだろう。

「一人で気負い過ぎなんだよ、二階堂は。もっと周りをよく見ろ。楓さんはまだまだ元気だぞ？　他のみんなだってそうさ。まだ誰も諦めていないと思うぞ？　それなのにエースが諦めてどうするんだ」

「……吉住」

「仲間を信じろ。楓さんを信じろ。そして自分を信じろよ。それが出来ないっていうなら……そうだな。二階堂なら大丈夫だって信じている俺のことを信じろ！　ってか？」

　こういう台詞《せりふ》を言うのは我ながら恥ずかしいな。でもこれくらい言わないと、どん底付近まで落ち込んでいる二階堂を立ち直らせることはできない。俺の言葉にそれだけの力があればいいいんだが。

「……フフッ。吉住のくせに……ププッ。カッコいいこと言うじゃないか」

「おいこら、そこで失笑するな。俺なりに元気づけようと頑張ったんだぞ⁉」

「フフッ、わかってるよ。ありがとう、吉住。もう大丈夫、と言いたいところなんだけど……一つ、わがままを聞いてくれないかな？」

　わがままとは、二階堂にしては珍しいな。俺にできることなら構わないぞ。どこかの誰かみたく『一緒に暮らしたい』とかでなければな。

「フフッ。なに、簡単なことだよ。あのね、吉住……今だけ。今だけでいいから……私のことを〝哀〟って呼んでくれないか？」

「…………はい？」

「今だけ！　今だけでいいから名前で呼んで、頑張れって……その……言ってくれたら……すごく頑張れると思うんだ！」

　胸に手を当てて、顔を真っ赤にしながら切実に訴えてくる二階堂。心なしか瞳にはうっすら光るものが見える。その姿はいつもの王子様ではなく、撫《な》でてくれとおねだりする子犬のよう。

「わ、わかったよ……今だけだからな？　――頑張れ、哀」

「もう一回。もう一回だけ、お願い」

「……頑張れ、哀。負けるな。頑張れ」

二階堂は静かに目を閉じて、噛み締めるように俺の言葉を聴いた。心を落ち着かせるためか、二度、三度深呼吸を繰り返した。

「……うん。ありがとう。おかげで頑張れそう。むしろ、今までで一番いいプレーができるかもしれないよ」

随分と単純だな。それなら毎回でも応援するよ、と言いたいところだけど、これっきりにしてくれたら助かるな。

「フフッ。大丈夫、安心して。私は滅多にわがままは言わないから」

「それはかえって安心できないんだが!?」

「さて、元気も貰《もら》ったことだしそろそろ戻ろうかな。私の活躍、ちゃんと見ていてくれよな？」

「わかってるよ。期待しているぜ、バスケ部エース？」

「任せてくれ！　吉住の応援は無駄にしないからさ！」

それじゃ、と駆けて行く二階堂の顔に悲愴感はなく、自信に満ち溢《あふ》れてキラキラとしているいつもの二階堂だった。

「俺も戻るか。楓さんを応援しないとな」

体育館に戻ったら、すぐに後半戦が始まった。

その開始は前半と打って変わって乱打戦となった。一つ一つのプレーに檄《げき》が飛び交い、新入生との親睦を深めることが目的の球技大会とは思えないほど激しい試合展開に観衆は皆静まり返っていた。

「ハァ……ハァ……ハァ……」

膝をつくことはもちろん、一瞬たりとも立ち止まることなく動き回る選手達の荒い息遣いが二階で観戦している俺達のもとにまで聞こえてくる。

「哀ちゃん……楓ちゃん……頑張って……！」

「残り時間から考えて……ここはしっかり決めておかないと厳しくなるね」

大槻さんは祈るように手を合わせてコートを見つめ、隣にいる伸二は冷静に戦況を分析している。

残り時間はあと3分。得点は42対40でうちのクラスが負けている。伸二の言う通り、この攻撃で確実に2点を取らなければ敗色が濃厚となる。

逆に結ちゃん達からすればこの攻撃を凌《しの》いでボールを奪えば、時間をかけて攻撃が出来るし、点差を広げることが出来れば勝利がぐっと近づく。故に、ここは両チームとも力を振り絞る場所だ。

「さすが全国経験者だね。二階堂さんへかける結ちゃんのプレッシャー、今までで一番きつくなってる」

「ここを守り切れば俄然《がぜん》有利になるからな。ここが正念場だぞ、二階堂、楓さん」

浅い呼吸を繰り返して息を整えつつ、ボールを運ぶ二階堂。その前に立ちはだかる結ちゃんは逃がさないと言わんばかりに両手を広げて迎撃の構え。自分で攻め込むにはゴールまで距離があり、得点源の楓さんを含めてマークがピッタリ張り付いているのでパスの出しどころもない。

そこにさらに結ちゃん達は勝負手を打つ。

「ここでダブルチーム⁉　やばいよ！　大変だよ！　哀ちゃんが囲まれちゃったよ‼」

大槻さんが悲痛な叫び声を上げる。今の今までしてこなかった二階堂へのダブルチーム。絶対にボールを奪うという執念さえ感じる攻めの守り。

傍《はた》から見れば絶体絶命。縦横無尽にコートを駆け回り、獅子奮迅《ししふんじん》の活躍をしてきたバスケ部エースと言えど、体力が切れる試合終盤に壁が増えたら突破は出来ない。誰もが思ったことだろう。だけど――

「――負けるな、二階堂‼」

不敵な笑みが口元に浮かび、二階堂のエンジンが一瞬で最大値まで振り切れる。ボールを自在に操りながら前後左右に細かく、緩急を付けながら舞うようにステップを刻む。そして、その動きに翻弄されて結ちゃん達に隙が生じて――

「突破した！　そのままいけ、二階堂‼」

素早くくるりと回転《ロールターン》して二人の壁を強引にぶち壊した勢いそのままに二階堂がゴールへと突き進む。そうはさせまいと他の選手達が慌てて進路を塞ぎにかかる。この局面を作った時点で、勝利は決まった。

「――後は頼んだよ、一葉さん」

大外へ正確なパス。その先に待つのはバスケ部エースに引けを取らない我がクラスの切り札。

「はい、任されました」

楓さんがシュートを放つ。そのラインはこの局面を一撃でひっくり返すスリーポイントゾーン。静寂の中、両手を離れたボールは惚《ほ》れ惚《ぼ》れする美しい放物線を描き、吸い込まれるようにネットを潜《くぐ》り抜けた。トン、トン、トン……とボールがコートに転がる。

42対43。試合がひっくり返った。

「「「うおおおおおっぉぉぉぉぉぉぉぉぉぉぉぉおぉぉぉぉ!!!!」」」

今日一番の地鳴りのような歓声が体育館に響き渡る。俺も例にもれず雄叫《おたけ》びを上げ、大槻さんは喜びのあまり伸二に抱き着いて喜んでいる。

「切り替えて！　守るよ！」

観衆の興奮とは裏腹に、コートに立つ二階堂や楓さん達に気のゆるみはなく、結ちゃん達の戦意もまだ消えていない。

「頑張れ、二階堂！　楓さん！」

俺は最後の声援を二人に送る。大槻さんも伸二も続き、堰《せき》を切ったように観客から応援が飛び交う。

そして、過去最高に白熱した一戦は42対43で二階堂達の勝利で幕を閉じた。

＊＊＊＊＊

「勇也く――――ん‼　勝ちました！　勝ちましたよぉ‼」

俺、伸二、大槻さんの三人は激戦が繰り広げられたコートに降りた。試合が終わったばかりということもあり、二階堂を含めた面々はベンチに座って火照《ほて》った身体《からだ》を冷ましていた。だというのに楓さんは一人元気なようで、俺に気付くや否《いな》やいきなり飛びついてきた。倒れないようにとっさに足を踏ん張ったがさすがに危ないよ⁉

「頑張ったので勇也君に褒めてもらいたかったんですけど……ダメでしたか？」

そんな子犬のような潤んだ瞳を向けないでもらえますかね⁉　その目を向けられると首を横に振るしか選択肢がなくなるじゃないか。

「あぁ……うん。お疲れさま、楓さん。すごくカッコよかったよ。特に最後のスリーポイントシュートは見惚《みと》れたよ」

「えへへ。ありがとうございます。二階堂さんが必死に繋《つな》いでくれたので、あのシュートは絶対に外すわけにいきませんでした。ちゃんと決まって良かったです」

二階堂の最大のピンチにして最大の見せ場。この試合のベストプレーと言っても過言ではない、ダブルチームを突破してからの楓さんへの見事なパス。あれがなければうちのクラスは負けていただろう。もちろん、外れれば終わりかもしれない極限状況の中でしっかりゴールを決めた楓さんもすごいのだが。

「勇也君が応援してくれていたから決めることが出来たんです。ちゃんと聞こえていましたし、届いていましたよ。勇也君の熱い気持ちが」

そう言って楓さんはフフッと笑って見つめてくる。前半は必死に応援したし、後半は声援こそ送れなかったが、その代わりに『頑張れ』と念を送っていたのが、まさかそれが届いていたとは。

「それはもちろん！　だって大好きな勇也君ですよ？　気付かないはずがないじゃないですか！　仮に逆の立場だったらどうですか？」

グラウンドで膝に手をつく俺に楓さんが祈るような視線を送っていたら、そこに込められた想《おも》いに気付かないわけがない。そして、奮い立たないわけがない。

「……あぁ、うん。そうだね。きっとわかると思う」

「そういうことです。この試合に勝てたのは勇也君のおかげでもあるんです。でもそれはそれとして、頑張ったご褒美《ほうび》をください！」

脈絡なく、急転直下で話が変わり、さぁと頭を差し出してくる楓さん。いまだに腰にしっかりと腕を回して密着しているこの状況で頭を撫でろと？　というか今の楓さんの色香は控えめに言って大変なことになっている。

お風呂《ふろ》上がりとは違う、汗でしっとり濡《ぬ》れた肌。頬もわずかに上気している上に、半袖の体操着も汗で心なしか透けている。視線を少し下げると胸元がチラリと見えるから失明レベルの猛毒だ。

「どうしたんですか、勇也君？　顔が赤いですよ？　なんでそっぽ向いているんですか？」

「あぁ……いや、その……今じゃないとダメなの？　その、家帰ってからで……」

「ダメですぅ！　今！　なう！　頑張ったね、のなでなでをしてほしいんですぅ！」

口をぷくぅと膨らませて抗議してくる楓さん。この顔でねだられると〝うん〟か〝はい〟としか言えなくなる。卑怯《ひきょう》だぞ！

「ストロベリーなことはその辺にしておきなよ、吉住、一葉さん」

呆《あき》れた様子の二階堂と、にひひと小悪魔顔でスマホを構えている大槻さんと苦笑いをしている伸二がやって来た。これ以上ないタイミングの援護射撃だ。

「ほら、楓ちゃん！　もっとヨッシーにギュッて抱き着いて！　ヨッシーは楓ちゃんの腰に腕を回して！　勝利記念に最高の写真を撮ってあげるからさ！」

ほれほれと酔っぱらった中年オヤジのようにことを言う大槻さん。楓さんは「わかりました！」と笑顔でさらに密着してくる。体操着を着ているとはいえ楓さんの豊潤な果実が押し当てられる。これはいけない！

「うんうん！　いいね！　それじゃ撮るよぉ……はい、チーズ！」

パシャと音が鳴り、大槻さんのスマホで記念の一枚を撮られた。ちなみに楓さんは満開の桜のような満面の笑みにピースのおまけつき。俺？　そんな余裕はなかったよ。

「おやおや。何ともまぁ幸せそうな一枚ですなぁ……楓ちゃん、後でスマホに送ってあげるね！」

「ありがとう、秋穂ちゃん。ちなみにどんな感じですか？」

ようやく楓さんが離れてくれた。大槻さんが撮った写真を見ながら二人して和気あいあいと話している。やれやれと身体に溜《た》まった熱を吐き出していると、くいっと袖を引っ張られた。

「あ、あのさ……吉住……」

「ん？　どうした、二階堂？」

頰を朱に染めて、王子様らしからぬもじもじとしながら何か言いたげな様子の二階堂。しかし餌を求める金魚のように口を開いては閉じを繰り返して言葉にならない。いや、ホントどうした？

「あ……いや……ううん、なんでもない。その、あれだ！　この後の試合、頑張ってね！　私も応援してるから！」

「もちろん。楓さんや二階堂が頑張って勝ったんだ。俺達が負けるわけにはいかないだろう？　大丈夫、任せておけって」

サッカー部エースは伊達《だて》ではないことを証明してやるさ。たとえ相手がサッカー部主将の杉谷《すぎや》先輩でも楓さんの応援があれば負ける気はしない。

「あぅ……吉住の馬鹿……その顔はずるいよ……」

二階堂が何か呟《つぶや》いたが、か細い声だったのでよく聞こえなかった。顔が赤いけど大丈夫か？

「勇也、そろそろ行こうか。アップにミーティングもしないといけないから少し急がないと！」

「そうだな。それじゃ二階堂、また後でな。楓さん、行ってくるね」

写真に夢中だった楓さんがガバッと顔をあげて、テトテトと近づいて来た。いちいち動作が可愛《かわい》いなぁ。

「勇也君、頑張って来てくださいね！　全力で応援しますね！　カッコいいところ、たくさん見せてくださいね？」

「ありがとう、楓さん。カッコいいところを見せられるように頑張ってくるね」

ポンポンと楓さんの頭を撫《な》でてから、俺は伸二と一緒に体育館を後にした。

第6話 ● 球技大会編②魂を燃やせ

I'm gonna live with you not because my parents left me their debt but because I like you

「吉住《よしずみ》、日暮《ひぐれ》。俺はこの日を……明和台《めいわだい》高校リア充ランキングのナンバーワンとツーに引導を渡せるこの時を待ちわびていたぞ！」

試合開始前の挨拶を済ませて自陣への戻り際に身体を反らした絶妙な体勢で俺達に宣戦布告をしてきたのは、今年からサッカー部のキャプテンに就任した三年生の杉谷泰示《すぎやたいし》先輩だ。

「リア充ランキングってなんですか？　そんなものがあったなんて初耳ですよ、キャプテン」

「初耳なのは当然さ！　なにせ今俺が作ったんだからな！　一葉《ひとつば》さんに大槻《おおつき》さん、そこにバスケ部の二階堂《にかいどう》さんまで交えた我が校きってのハーレムパーティ！　お前達をぶっ倒して日々の恨みを晴らしてやるぜ！」

うん、ダメだな。この人がキャプテンで大丈夫か心配になってきた。

「必ずやお前達を倒し、非モテの下剋上《げこくじょう》を果たしてやる！　覚悟しやがれ！」

そう捨て残して杉谷先輩は仲間達の円陣の中に加わった。言っていることはふざけているが、その身体からは執念というか怨念じみた空気が漂っていた。

ピィイイイイイ――――

ホイッスルが鳴り響き、負けられない戦いが幕を開けた。

「日暮を自由にやらせるなっ！　このチームの要は日暮だ！　前を向かせて自由にやらせるなよ！　吉住はこっちで抑える！」

杉谷先輩のポジションはディフェンスの要であるセンターバック。後方から的確な指示を飛ばし、パスを受けた伸二《しんじ》が二人の選手に囲まれる。

杉谷先輩がとっている戦術は攻撃の起点となる選手の自由を奪うという単純なものだが、サッカー部員が俺と伸二しかいないうちのチームには極めて有効だ。

「諦めろ。この試合でお前にまともなプレーはやらせねぇよ、吉住」

「……さすが杉谷先輩。腐ってもキャプテンですね」

「腐ってもってなんだよ！　れっきとしたキャプテンで頼れる先輩だろうが！」

ギャーギャーわめく杉谷先輩を無視して俺は敵陣から引き上げる。想定していた以上に伸二が狙われている。これでは俺の所にボールが来ることはないだろう。なら下がってもらいに行くしかないのだが――

『下がって来るな』

伸二の表情から無言の圧を感じた。その目つきはいつものような人懐《ひとなつ》っこい犬ではなく、虎視眈々《こしたんたん》と獲物を狙う猟犬のよう。

「……わかったよ」

あんな顔をするということは本気になっている証拠だ。それならきっと俺の所に最高のパスを通してくれるはずだ。

その時はすぐにやって来る。

茂木《もぎ》から伸二へパスが出された。自由にはさせまいと二人の選手が伸二を囲みに来る。それを横目で確認しつつ、ボールを足元に収めながらくるりと回転して囲いを突破する。

伸二がグラウンドを切り裂くようなパスを出したのとほぼ同じタイミングで俺は走り出した。一瞬でギアを最大まで上げてトップスピードへ。俺のマークについている選手を置き去りにしてボールに追いつき、足元へ収める。だが目の前にはすでに杉谷先輩が迫っていた。

「よ――し――ず――み――‼」

やらせるかぁ！　と叫びながら突貫してくる杉谷先輩。ゴールまでの距離はまだ少しあるがこれくらいの距離と角度なら一人で練習している時に何度も行っている。

「――――フッ！」

フェイントを入れて杉谷先輩をかわし、躊躇《ためら》いなく右足を振りぬいた。弾丸のようなシュートは思い描いたイメージと寸分違わずゴールに突き刺さった。

「きゃぁぁぁぁぁぁぁ‼　勇也《ゆうや》君カッコイィイイィィイイ！！！」

グラウンドの外で応援している楓《かえで》さんが興奮した様子で手を振りながら叫んでいた。あまりのハイテンションぶりに隣に立っている大槻さんや二階堂、結《ゆい》ちゃんは若干呆れていた。嬉《うれ》しいような、恥ずかしいような。でも無視するわけにはいかないので、軽く拳を掲げることにした。

「吉住ぃ……日暮ぇ……絶対に倒す！」

「上等ですよ、先輩。いつもの八つ当たりの恨み、ここで晴らします！」

殺意のこもったスライディングとか、意地の悪いロングパスで無駄に走らされたこと等、日ごろの恨みは忘れてないですからね！

＊＊＊＊＊

一息つきながら俺達はグラウンドから引き上げる。前半が終了してスコアは1対1で同点だが、正直負けていないことを安堵《あんど》するべきだろう。

「お疲れさまです、勇也君。大丈夫ですか？」

「ふぅ……ありがとう、楓さん」

はい、と楓さんから手渡されたスポーツドリンクを飲んで息を整える。隣に座る伸二も大槻さんから同じようにドリンクを渡されて飲んでいる。茂木達が恨めしそうな視線を向けてくるが知らないふりをしよう。

「お疲れ、吉住。やっぱり三年生は強敵だね。後半は大丈夫？　勝てそう？」

二階堂がどこか心配そうな声で尋ねてきた。結ちゃんはげんなりしている。どうしたのだろうか？　ってそれよりまずは二階堂の問いかけに答えないとな。

「あぁ……まぁ前半は想定通りであり、想定外でもあり、って感じかな。先制出来たのは良かったけど、その後防戦一方になるとは思わなかった」

「サッカー素人《しろうと》の私からみても、吉住と日暮が自由に動けていなかったのはわかったからね。となるとやっぱり……」

悲観的な未来を想像して俯《うつむ》く二階堂の頭をガシガシと乱暴に撫でる。何をするんだと抗議の視線を向けてくる二階堂に俺は努めて明るい声で、

「まぁ見てろって。しっかり決めて勝つからさ。だからそんな泣きそうな顔するなって」

「な⁉ よ、吉住の馬鹿！ 私は泣きそうな顔なんてしてない！」

「はいはい。馬鹿で結構ですよっと。さてと。顔でも洗って気合を入れてきますかね」

ベンチから立ち上がり、グラウンドの端に設けられている手洗い場へと一人で向かう。

二階堂にはあぁ言ったが、正直言えば勝てる見込みはほとんどない。一瞬の隙をついて伸二とのコンビネーションで先制こそしたが、あれ以降は伸二ですらまともにボールに触れなくなった。

対して相手は攻撃に人数を割いて波状攻撃を仕掛けてくる。必死に跳ね返しても押し寄せてくる大波に飲み込まれないように必死に抵抗するのが精いっぱい。それだけ杉谷先輩達が本気ってことだ。

ダメだ。弱気になるな。心を強く持て。楓さんや二階堂は逆境の中でも諦めていなかったじゃないか。それなのに俺が挫《くじ》けるわけにはいかない。顔を洗って弱気を払う。あ、タオル持ってなかったな。

「――――はい、タオルをどうぞ」

「あっ、ありがとう……って、楓さん⁉　どうしてここに？」

俺にタオルを手渡してくれたのは楓さんだった。助かったけど、出来る事なら来てほしくなかったたな。

「いいんですよ？　今だけは弱気なところを見せてくれても」

「……え？」

嘘《うそ》だろ？　我ながら完璧に偽装出来たと思っていたと思うんだけど、まさか気付かれていたのか？

「勇也君が無理して明るく振舞っていることに、私が気付かないと思ったんですか？　もしそうなら勇也君は私のことを見くびっていますね。お仕置きが必要です」

「お、お仕置き？　それはちょっと……勘弁してほしいかな」

「一人で抱えて無理をしていた人にはお仕置きです！　今すぐ頭を下げてください！」

さぁ！　と楓さんが催促するので俺は女王陛下に首《こうべ》を垂れる騎士のようにぺこりと頭を下げた。何をされるのかドキドキして待っていると、温かい手でそっと優しく撫でられた。

「勇也君なら大丈夫です。勇也君が毎日頑張っている姿は見てきました。だから自信を持ってください。それに……勇也君は一人じゃないんですから」

諭すように、あやすように声をかけながら楓さんは俺の頭を撫《な》でてくれた。

「私や二階堂さん、秋穂《あきほ》ちゃんに結ちゃん、みんな応援しています。勇也君なら何とかしてくれるって信じています」

「楓さん……」

「だから大丈夫。きっと勝てます。もしそれでもまだ不安だというのなら……そうですね、ニンジンさんをぶら下げましょうか？」

ニンジンをぶら下げる？　それってどういう意味ですか？　と問い返そうとしたら楓さんが耳元まで顔を近づけて甘く囁《ささや》いた。

「勝ったら……身も心も蕩《とろ》けるくらい、勇也君のこと癒《いや》してあげます」

「か、楓さん……それは……その……マジですか？」

「フフッ。はい、マジです。だから勇也君……頑張ってね」

そう言って耳元から離れた楓さんは耳まで真っ赤になっていた。蠱惑《こわく》的な声で誘惑したと思ったら実は恥ずかしいのを無理していました、とか可愛《かわい》すぎる。いますぐ抱きしめたい衝動に駆られるのを我慢する。

「ありがとう、楓さん。ご褒美《ほうび》はともかく、言葉に元気と勇気を貰《もら》ったよ」

「それは良かったです。さぁ、そろそろ戻りましょう。後半、始まりますよ？」

「うん、そうだね。よし！　なんか行ける気がする！」

我ながら単純だが、楓さんの応援と励まし、それに勝った後のご褒美をちらつかされたら元気百倍というやつだ。たとえそれが俺を元気づけるための冗談だったとしても。

「嘘じゃないですよ？　本当の本当に、勝ったらご褒美あげますからね？」

これは本当に負けられないな。俺は気合を入れ直しながらベンチへ戻った。

「もう大丈夫みたいだね、勇也」

ベンチに戻ると、ニヤついた顔をした伸二が肩をポンと叩《たた》きながら声をかけてきた。

「後半もきっとチャンスは少ないと思うけど、その時がきたらきっちり決めてよね？」

「あぁ。任せておけ。必ず決める。決めてみせる！」

「気負い過ぎて空振りしないでよね？　あ、もしかしてフラグ立ったかな？」

「勇也君、頑張ってください！　勝ったらとびきりのご褒美をあげますよ！」

「ありがとう、楓さん。しっかりきっちり決めてくるから見ててね！」

楓さんがどこか安心した顔でこくりと頷《うなず》いた。信じています、そう心の声が聞こえた気がした。続いて結ちゃんが笑顔でサムズアップをしながら、

「吉住先輩！　ガツンと！　ガツンと決めて来てくださいね！」

「おう！　ガツンと一発決めてくるぜ！」

それに釣られて俺もサムズアップを返した。二階堂だけがどこか不安そうな顔をしてい

た。

「そろそろ行くよ、勇也。頑張ろうね」

「あぁ！　この試合、勝つぞ！」

再びグラウンドに立つと普段はお調子者な杉谷先輩が鬼気迫る表情をしていた。

「吉住ぃ……お前だけは……お前だけは絶対にぃ……許さない！」

「す、杉谷先輩？　どうしたんですか？」

「どうしただとぉ⁉　全部お前が悪いんじゃぁ！　ハーフタイム中に一葉さんとイチャイチャしやがって‼　俺だってなぁ……俺だって可愛い女の子から頭ナデナデされたいのに！」

いや、杉谷先輩。あなた彼女いないですよね？　というか手洗い場で楓さんに頭を撫でられていたのを目撃されていたのか？　グラウンドの端だから誰も気にしないと思ったんだけど。

「気付くに決まっているだろうが！　一葉さんがタオルをもってお前の後ろを追いかけていったんだぞ⁉　そうしたら突然ストロベリーな空間を作りやがって……ちくしょう！

……絶対に許さねぇかんな！」

これから試合が再開されるというのに早くも悔しそうに地団駄を踏む杉谷先輩。さすがの伸二もやれやれとあきれ顔をしている。それはアホなことを言っている杉谷先輩に対してのあきれ顔だよな？　俺に対してじゃないよな？

「この恨み……晴らさでおくべきか……！」

杉谷先輩が恨み言を言い残してポジションへ着く。泣いても笑ってもこの30分ですべてが決まる。

＊＊＊＊＊

後半も残り10分。スコアは1対2で勇也君達が負けている。

「か、楓ねぇ……これ、もしかしなくてもやばいよね？　このままだと負けちゃうよね!?」

「結ちゃん、まだ諦めるような時間じゃありません！　しっかり、最後まで応援しましょう！」

「そうだよ、結。気持ちはわかるけど、応援している私達が下を向いたらダメだ。吉住や日暮、誰一人として諦めていないんだから」

「シン君とヨッシーならここから奇跡の逆転劇を見せてくれるよ！」

二階堂さんは唇を噛《か》み締めながら、秋穂ちゃんは無理やり作った笑顔で、挫けそうになる自分の心を奮い立たせるように結ちゃんを励ます。

「でも実際のところ、相当苦しいのは間違いないね。まずボールをキープ出来ないのが厳しいね。日暮と吉住を徹底マークしてパスを貰えなくしている。かといってあの二人がいないとまともな攻撃は出来ない……さすが、腐ってもサッカー部の主将だね」

二階堂さんの言う通り、勇也君と日暮君へのパスが完全に封じられている。それが苦戦している最大の要因となっている。かといって自陣近くでボールを受け取っても敵陣に到達する前に囲まれて奪われてカウンターの餌食《えじき》となってしまう。

「これじゃジリ貧だよ！　どうしよう、楓ねぇ！　このままだと吉住先輩達が負けちゃうよ⁉　あんなに毎日頑張っている吉住先輩が負けなんて……私見たくないよ……」

「結ちゃん……」

うぅと涙をこぼして抱き着いてくる結ちゃんの背中をさする。これが勝負である以上、勝者と敗者は必ず生まれる。そして勝つために毎日努力しても、必ずしもそれが報われるわけではない。でも――

「大丈夫。勇也君なら、きっと大丈夫です。勇也君は誰よりも諦めない強い心を持っている人です。試合終了の笛が鳴るまであの人は立ち止まったりはしません。私の大好きな人はそんな弱い人じゃない！」

ぼやける視界で私はグラウンドを見つめる。涙を流すのは試合が終わってから。それまでは必死に応援する！

「頑張って、勇也君！　頑張れっ‼」

祈るような声援がグラウンドに響き渡る。ふぅと大きく息を吐いてから天を仰いだ勇也君。その口元には笑みがあった。あぁ、やっぱり。私の大好きな人はまだ諦めてはいなかった。

そして、ここから試合終了の笛が鳴るまで、勇也君の独壇場が開幕する。

＊＊＊＊＊

「――私の大好きな人はそんな弱い人じゃない！」

両手に膝をついて汗を拭っていると、大好きな人の声が聞こえた。俺のことを絶望に屈しない強い心を持っている素敵な人だと言ってくれた大好きな人の声。

残り時間はあと10分。スコアは1対2で負けている。

「頑張って、勇也君！　頑張れっ‼」

楓さんが頑張れって言っている。なら、それに応えないといけない。肺に新鮮な空気を目一杯に取り込んで、身体《からだ》の中に流れる疲労をすべて吐き出す。

さぁ、ここから奇跡を起こすぞ。

相手選手のシュートが大きく外れてゴールラインを割った。俺達のボールからゲームを始めることが出来る。ここで一発勝負に出る。

「――伸二！　回せぇっ‼」

親友に向けて声を張り上げながら俺は走り出す。伸二は俺の意図を瞬時に悟り、キーパーからボールを受け取ると、敵陣深く目掛けて大きく蹴り出した。

「カウンターだぁ――‼　戻れぇ‼」

それは単純なロングパス。試合終盤でどうしても点が欲しい時にしばしば行われるパワープレー。

ゴールは目前。立ちはだかるのは杉谷先輩を含めたＤＦ《ディフェンダー》四人とキーパーの計五人。

空高く舞っていたボールの気配を背中に感じる。

「やらせるかぁぁぁぁぁぁああ！！！」

落ちてくるボールを収めるために速度を落としたら杉谷先輩達が距離を詰めて来ているのでドリブル突破は難しく、時間をかければ囲まれて万事休す。

だから俺がとる選択肢は一つ。

「――――嘘《うそ》だろ⁉」

「さすがだ、伸二」

ドンピシャリ。速度を一切緩めず、杉谷先輩をかわしながら軽くジャンプして、落ちてきたボールを左足で触って前へと送り出し、着地と同時に右足を鋭く振りぬく。

キーパーは一歩も動けず。俺が放ったシュートはゴールネットを大きく揺らした。

「勇也ぁぁぁぁぁぁぁぁ！！　君って奴《やつ》は！　君って奴は‼」

「あと1点！　あと1点取って試合を決めるぞ、伸二！」

髪をわしゃわしゃとかき乱してくる伸二の手を払いながら、俺は力強く言った。もちろん、と頼もしい答えを貰って俺達は自陣へ戻る。

「勇也、ここからどうする？」

「残り時間は5分。杉谷先輩達も総攻撃を仕掛けてくるだろう。だからそこを逆手にとる。

作戦は――――」

　試合再開の笛が鳴った。案の定、杉谷先輩達はキーパーを除くすべての選手で攻めてきた。それに対して俺達が選んだ作戦は――――

「オラァァァアア‼」

「――――⁉」

　仲間の一人が威嚇しながらボールを持っている選手に突撃する。慌てて味方にパスを出すが、出した先にも俺の仲間が詰め寄る。それも一人ではなく二人がかりで。

「この時間でプレスをかけてくるだぁ⁉」

　不用意な接近は相手に技術があれば容易にかわされてしまうし、スペースが生まれればそれだけ失点の危険度が増す。だがこの一番疲れている時間で奇襲ならどうだ？

「よ――――こ――――せぇ――――‼」

　鬼気迫る表情で茂木が突撃を仕掛けた。野球部で鍛えられた大きな身体が迫ってきたことで慌てたのかパスが乱れる。そこを伸二は見逃さず、ボールを奪うことに成功した。

「上がれぇぇぇぇぇぇぇ――――‼」

　伸二が叫ぶと同時に俺達二年二組の選手達全員で敵陣目掛けて一斉に走り出す。これが最後の攻撃だ。

「吉住だぁ！　吉住を抑えろ！　他は無視していい‼　吉住を潰せぇ！」

伸二からのパスを受けた時には杉谷先輩が目の前にいた。続いて二人の選手が合流して三人に囲まれる。

「最後に決めるのは俺じゃないですよ、先輩」

「――――⁉」

柔らかくふわりと浮かせたボールが杉谷先輩達の頭上を越えていく。それを目で追った先にいるのは伸二だった。俺にパスを出した瞬間からこうなることを予測して、全速力で駆け上がってきたのだ。

「ナイスパスだよ、勇也‼」

俺を抑えることに終始して、伸二を見逃したキャプテンのミス。伸二が落ち着いて右足を振りぬき、三度ゴールネットが激しく揺れた。

「「「うおおおおおっぉぉぉぉぉぉぉぉぉぉぉぉぉおぉぉぉぉ‼‼」」」

歓声が沸き上がる。その中には楓さんや二階堂、大槻さんと結ちゃんの声も混じっている。決勝点をたたき出した伸二が勢いと興奮そのままに飛びついてきた。しっかりと抱き留めて先ほどのお返しとばかりに頭を撫《な》でる。

「やったよ‼　やったよぉ勇也ぁ‼」

「最高のゴールだったぞ、伸二！」

試合終了の笛が鳴り、白熱した試合は3対2で俺達の勝利で幕を閉じた。

＊＊＊＊＊

「勇也君‼　すごく、すごく、すご――――く‼　カッコよかったです‼」

「ありがとう、楓さん。嬉《うれ》しいんだけど、まずは離れてくれるかな？　周りの視線で残り少ない俺のライフが根こそぎ削られるから」

試合が終わってグラウンドから引き上げると、楓さんが満面の笑顔で飛びついてきた。応援のお礼に頭を撫でたのだが、そのせいで抱きしめる力も強くなり、猫のように胸に頬をスリスリし始めた。

「一葉さん。吉住が大好きなのはわかるけど今は離れてあげたら？　試合終わりで疲れているだろうからさ」

幸せだけど恥ずかしくて死にそうになっている俺を助けてくれたのはやれやれと呆《あき》れた

顔をした二階堂だった。その隣には目を真っ赤に腫らした結ちゃんもいる。ちなみに大槻さんは伸二の頭を撫でまわしているのでこの場にはいない。

「二階堂先輩の言う通りだよ、楓ねぇ。さっきまで試合をしていたんだから吉住先輩を休ませてあげないとダメだよ！」

「うぅ……それもそうですね。ごめんなさい、勇也君」

「あぁ……いや、楓さんが謝ることじゃないよ」

好きな人に密着されて嬉しくないはずがない。ただ今は二階堂や結ちゃんの言うようにへとへとだし、何なら汗も結構かいているから申し訳ない。

「お疲れさま、吉住。タオルで汗拭いて、これでも飲んで一息いれなよ」

ほいっと二階堂から投げ渡されたタオルとスポーツドリンクを受け取る。ドリンクは冷たい上に未開封だった。わざわざ自販機で買ってきたのか？　よく見たら二階堂の額に汗が滲《にじ》んでいるような？

「気のせいだよ。そんなことより、同点のシュートと日暮へのパス、すごくカッコよかったよ」

「もう一度同じことをやれって言われてもできるかはわからないけどな」

タオルで汗を拭いながら俺は苦笑いを浮かべて答えた。背面からくるボールを感覚と気配を頼りにDFをかわしながら収めてシュートに持ち込めたのも、囲まれながら伸二へ繋《つな》いだラストパスも奇跡のようなプレーだった。二度と同じことはできないだろう。

「それでもすごかったよ。なんていうのかな。試合終了の笛が鳴った時……その、すごく感動した。それこそ泣きそうなくらいにね」

そう言ってニコッと笑う二階堂の頰には朱が差していて、不覚にもドキッとしてしまった。王子様だと思っていたら実はお姫様でした、なんて漫画やアニメがあるが、まさに今の二階堂はそれだ。ギャップが激しすぎるぞ！

「ぐぬぬぬ…………！」

「か、楓ねぇ！　落ち着いて！　お願いだから落ち着いて！　サバ折りになっちゃうから！　ヘルプ！　ヘルプミーです吉住先輩‼」

必死の助けを求める結ちゃんの声がしたので振り返ると、楓さんが結ちゃんを思いっきり抱きしめていた。しかも頰はフグのように膨れており、涙目で俺のことを見つめているというおまけ付き。

「フフッ。一葉さんはね、私を含めてみんな負けるかもって思っているのに一人だけ信じていたんだよ。吉住達が勝つってことをね」

「あ、二階堂さん⁉　いきなり何を言い出すんですか⁉」

「あの絶対的な信頼は本当にすごいと思ったね。特に『勇也君は誰よりも諦めない強い心を持っている人です』からの『私の大好きな人はそんな弱い人じゃない！』は痺《しび》れたよ。愛されているね、吉住」

全部は聞き取れなかったけど最後の言葉だけはしっかりと聞こえた。楓さんの涙混じりのあの声があったから、俺は奇跡を起こすことが出来たんだと思う。楓さんがいなかったら、この勝利はなかった。

「ありがとう、楓さん。勝てたのは楓さんのおかげだよ」

近づいて、もう一度頭をポンポンと撫でると一瞬でオーバーヒートを起こし、ゆでだこのように顔を真っ赤にする楓さん。拘束が緩んだ隙をついて結ちゃんは二階堂の元へと逃げて行った。

「私の大好きな勇也君なら絶対に諦めないって信じていました。だから気付いたら言葉に出ていました」

そう言って恥ずかしいのを誤魔化すようにえへへと笑う楓さん。あぁ、本当に可愛《かわい》いなぁ。と思うと同時に愛おしいとも思う。もしここがグラウンドではなく家だったら、何も言わず抱きしめていたことだろう。それくらい、楓さんの言葉が嬉しかった。だから気持ちを込めて優しく頭を撫でようと思う。これが今出来る精一杯だ。

「あ、あの……勇也君？　なでなでしてくれるのは嬉しいんですけどなぜ無言なんですか？　何か言ってくださいよぉ」

「………」

俺はただひたすら、ありがとうと大好きだよ、という気持ちを込めて楓さんの頭を撫で続けた。最初は戸惑っていた楓さんだがすぐに諦めてされるがままになった。だが表情は柔らかく、口元は緩んでいる。

「……二階堂先輩。私達は何を見せられているんですか？」

「いいかい、結。考えたら負けだよ。二人の世界に入った以上、私達にはどうすることも出来ないんだ。放っておこう」

「そうですね。あっ、そうだ！　これからうちの男子達がサッカーの試合をするんで観に行きませんか⁉　八坂《やさか》君も二階堂先輩がくれば喜ぶと思うので！」

結ちゃんが二階堂を連れて離れていく。気が付けば伸二達も退散を始めていた。このままではグラウンドに取り残されてしまう！

「楓さん。そろそろ俺達も帰る準備をしよう。置いてけぼりをくらいそうだよ」

「んぅ……もう少し……もう少し堪能《たんのう》させてください」

離しませんとばかりに手を掴《つか》み、猫なで声で甘える楓さん。それはそれで可愛いから困るのだが、いつまでもこうしているわけにはいかない。

「か、帰ったらいくらでもしてあげるからさ。今はいったん帰る準備をしよう？　ね？」

「……ふっふっふっ。その言葉を待っていました！　言質《げんち》は取りました！　お家《うち》に帰ったら覚悟していてくださいね？」

「覚悟……だと？　いったい何をさせるつもりなんですか？」

「それは……フフッ。帰ってからのお楽しみです！」

一気に不安になった瞬間である。

閑話・王子様の恋模様

先ほどまでの熱気が嘘《うそ》みたいに、現在行われているサッカーの試合は盛り上がりに欠けていた。プロの試合の後にアマチュアの試合を観るようなものだから仕方のないことなのだが。

「あちゃ……また点が入っちゃったかぁ。やっぱりサッカー経験者が一人もいないと厳しいですね」

私の隣で観戦している結《ゆい》が頭を抱えながらぼやいた。グラウンドで奮闘しているのは結のクラスの男子達で、バスケ部に入部した八坂《やさか》君も出場している。動きは悪くないが、吉《よし》住《ずみ》や日暮《ひぐれ》と比較すると素人《しろうと》感が否《いな》めない。

「今からでも吉住先輩をレンタルすることは出来ませんかね？　そうすれば逆転出来る可能性も……」

残念ながらそんな便利な制度はこの球技大会には存在しない。というか親睦を深めるのが目的なのに勝ちにこだわったら本末転倒じゃないか。それに吉住一人《スーパーエース》が加わって劣勢を跳ね返せるなら先ほどの試合は苦戦しない。

その吉住は制服に着替えに行っているのでこの場におらず、秋穂《あきほ》と一葉《ひとつば》さんは彼を待っている間カフェテリアにいると連絡があった。本当なら私も秋穂達と一緒に行きたかったのだが結に連行されて、こうして彼女のクラスメイトの試合を観戦している。

『に、二階堂《にかいどう》先輩！　これから俺試合なんですけど……応援してくれませんか！　そうしたらすごく頑張れる気がするんです！』

男子バスケ部の八坂君が私を見つけるや否や駆け寄ってきて、真っ赤な顔でお願いしてきた。あまりにも真剣な眼差《まなざ》しを向けてくるものだから、私は〝頑張ってね〟と一言だけ告げると、彼はやる気に満ちた雄叫《おたけ》びを上げた。

「楓《かえで》ねぇの激励が吉住先輩を奮い立たせたように、二階堂先輩の応援が八坂君を熱くしたところまではよかったんですが……如何《いかん》せん技術が伴っていないのでどうしようもありませんね」

やれやれと肩をすくめて結はため息をついた。決して八坂君達が頑張っていないわけではないし諦めずにボールを追い続けている。だが男子における一学年上という差は大きく、二試合続けての奇跡は起きることなく八坂君達の敗北で試合は終わった。

「さて、頑張った男子達を慰めに行きますか。二階堂先輩はどうしますか？　楓ねぇと先に合流しててもいいですよ？　私もすぐに行きますので」

「そうだね……そうさせてもら――いや、私は別の用事が出来たからそっちに行くよ。カフェテリアでまた会おう」

不思議そうな表情で首を傾《かし》げる結にそれ以上何も告げず、私は目的の人物の背中を追った。球技大会だから悔し涙を人前で流したくないのかな、彼は。

「くそっ……！　くそっ……！」

人気《ひとけ》のない体育館裏にたどり着くや否や、その子は涙をぼろぼろと流しながら行き場を失《な》くした感情を吐き出していた。隠れて一人で泣くところは吉住と似ているな。

「大丈夫、八坂君？」

「――ッ!?　二階堂先輩!?　どどど、どうしてここに!?」

思わぬ私の登場に驚愕《きょうがく》した八坂君は慌てて目元の涙をぬぐいながら上ずった声で言った。今更隠そうとしても無駄だっていうのに。どうして男の子は見栄《みえ》を張りたがるんだろうか。

「見ていたよ、キミ達の試合。負けちゃったけど、サッカー部がいる上級生相手によく頑張っていたと思うよ？」

「でも……吉住先輩は三年生の先輩相手に大活躍して勝ったじゃないですか……」

どうしてそこで吉住の名前が出てくるのだろうか。バスケ部新入部員である八坂君と一年生の頃からサッカー部のエースとして活躍していた吉住と比較したところで意味はないんじゃないかな。

「せっかく二階堂先輩が応援してくれていたのに……俺のカッコいいところを見せようって頑張ったのに……そうしたら吉住先輩にしたように俺のことも褒めてくれるかなってアホなこと考えて……」

そしてまたクソッと言いながら地面を蹴る八坂君。本当に男の子は単純というかなんというか。そんなに私に褒めてほしいの？　むしろ結のような可愛い子じゃなくて私でいいの？

「俺は二階堂先輩に褒めてほしいんです！　だって俺は先輩のことが――――！」

そこまで言ったところで八坂君は慌てて口を押さえる。何を言おうとしたのか、その続きを尋ねるのはマナー違反だろう。その代わりに私は彼の元に近づいて、

「よく頑張ったね、八坂君。最後まで諦めなかった姿はカッコよかったよ」

ポンポンと、一葉さんが吉住にしていたように私は八坂君の頭を優しく撫《な》でた。他の子達が諦めて足を止めている中で八坂君だけは最後まで食らいついていた。その姿はお世辞を抜きにしてカッコイイと私は思った。

「これからはバスケでカッコいいところを見せてね？　応援してるよ」

「はいっ！　俺……二階堂先輩が応援してくれたらこれからもっともっと頑張れる気がします！　だからその……これからもよろしくお願いします！」

八坂君はガバッと顔を上げると、はにかんだ笑顔で言った。私なんかの応援で頑張れるというならいくらでもするよ。よし、もっと頭を撫でてあげよう。

「うぅ……二階堂先輩は自分の魅力を過小評価しすぎですよ……俺を殺すつもりですか……」

何やらぼそぼそと八坂君が呟《つぶや》いているがよく聞こえないな。私が何だって？　八坂君に尋ねようと詰め寄ったら、

「ようやく見つけましたよ、二階堂先輩！　そろそろ楓ねぇと合流して帰りますよ……って！　これはこれは……もしかしてお邪魔でした？」

「ナナナ、ナイスタイミングだ、宮本《みやもと》さん！　二階堂先輩、ありがとうございました！　それじゃぁ！」

頭の上にあった私の手から逃れるように、ビュッと風の如《ごと》くというか脱兎《だっと》の如くというか、陸上部顔負けの速さで八坂君は走り去って行った。

「むむっ。もしや八坂君、二階堂先輩にナデナデされて満足して鳥になったな？　二人きり、慰められて頭をナデナデ。これ以上ないチャンスだったのに逃すなんて……」

顎に手を当ててぶつぶつ呟く結。あとで説教しようと言っているがそれは八坂君に対してか？　あんまりいじめてあげるなよ？

「むぅ……二階堂先輩って実は意外と天然ですよね。これは八坂君も大変だなぁ。しかもライバルは吉住先輩だし……」

「ライバルが吉住？　ねぇ、結。それってどう意味？」

「それを私の口から言うのは八坂君の矜持《きょうじ》に関わるので黙秘権を行使させていただきます。さぁ、そんなことより楓ねぇ達と合流しますよ！　みんな二階堂先輩待ちなんです！」

そう言って結は私の手を取って歩き出す。

色々あった球技大会はこうして幕を閉じた。吉住に名前を呼んでもらって応援してもらえたからすごく嬉《うれ》しかった。また哀《あい》って呼んでほしいな。

第7話 ● バブルバスタイム

I'm gonna live with you not because my parents left me their debt but because I like you

「今日の勇也《ゆうや》君は最高にカッコ良かったです！　やっぱりサッカーをしている時の勇也君は違いますすね！」

「もう……何回同じ話をするのさ。恥ずかしいから勘弁してくれ」

夕食を食べながら楓《かえで》さんはもう何度目かわからない今日の球技大会の感想を話し始めた。俺としてはもう十分お腹《なか》いっぱいなんだけど楓さんは話し足りないみたいだ。でもそろそろやめてほしい。

「むぅ……話し足りませんがまぁいいでしょう。そろそろ今日一日頑張った勇也君にはご褒美《ほうび》をあげないといけませんし。お背中お流ししますよ、あ・な・た？」

ちゅっ、最後に投げキッスを飛ばしてくる。どうせならそこは投げるのではなく直接キスをしてほしかったなと思いながら、

「いや、自分で流すから大丈夫です」

丁重にお断りしました。だって最近の楓さんは色々過激なんだもん。今まではお互い水着――楓さんは中学時代のスク水――を着て身体《からだ》を洗いっこしたけど、あの日以来一糸まとわぬ姿で混浴を求めるようになったのだ。ただでさえ理性が崩壊しないように我慢しているのにシャワーを浴びて濡《ぬ》れて艶《あで》やかになった楓さんに迫られたら瞬コロだ。

「どうしてですか⁉　勇也君は私と一緒にお風呂《ふろ》に入りたくないんですか⁉　背中を流させてくださいよぉ！　サービスもたくさんしますから！」

「ち、ちなみにどんなサービスかな？」

聞いたらダメなのはわかっている。わかっているのだが俺だって一般健康優良男児だ。お風呂でサービスとか言われたら気になってしまう。

「フフッ。それはですねぇ。お母さん直伝の洗《せん》ｔａ――」

「スト――――ップ‼　それ以上は言わせねぇよ！」

桜子《さくらこ》さん！　あなたって人は高校二年生の女子高生になんてことを教えたんだ！　今度直接電話して抗議してやる！

「というのは冗談で。お母さんから泡風呂《ぶろ》の入浴剤を貰《もら》ったんです。これで疲れを癒《いや》したらって」

なるほど。楓さんと泡風呂か。一度もやったことがないが、ふわふわの泡に包まれたらリラックスできそうな気がするな。あと恋人同士で泡風呂はなんか憧れる。

「頑張った勇也君へ私からのご褒美です。たくさん気持ちよくしてあげますからね。一緒に泡泡になりましょう?」

小悪魔的な笑みを向けられて、不覚にも俺の心拍数は急上昇した。このままじゃいつものように流されて過激なサービスを受けることになるがこの笑顔の前に抵抗力は限りなくゼロになってしまう。

「私は勇也君に喜んで貰いたいだけなんです。だからいいですよね? 一緒に泡泡しましょう! 泡風呂、絶対楽しいですよ?」

首を縦に振らない俺に業を煮やした楓さんが肩をガタガタと揺らしてくる。わかった、泡風呂ならいいから! 背中は流さなくていいから一緒に泡風呂に入ろう! それで今日のところは勘弁してくれ!

「言質《げんち》はとりました! 今日の所は勘弁してあげます。フフッ。そうと決まれば泡のお風呂の準備をしてきますね!」

あっ、失敗した。あの口ぶりだと事あるごとに聞いてくることになるぞ。楓さんはこういうどうでもいい話でもしっかり覚えているからなぁ。

「勇也君とお風呂! 勇也君と泡泡のお風呂! 楽しみですっ!」

楓さんの泡まみれの姿か。想像しただけでやばいな。

＊＊＊＊＊

「勇也君！　すごいですよ！　泡泡してます！　早く来てください！　一緒に遊びましょうよぉ！」

楓さんの楽しそうにはしゃぐ声が浴室から聞こえてくる。俺はため息をつきながら用意されていたタオルを腰に巻いて浴室の扉を開けると、心を落ち着かせるシナモンの穏やかな香りがぶわっと広がった。

「見てください、勇也君！　まるでお風呂が青空みたいになっています！　この泡は空に浮かぶ雲みたいです！」

はしゃぎながらバシャバシャと湯船の中で暴れる楓さん。早く来てくださいと手招きするので俺は身体をさっと洗ってから楓さんと向き合う形で身体を沈めた。

「へぇ……確かにすごいね。お湯の色が綺麗《きれい》な青色だ。肌もなんだかスベスベになってるし、たまにはこういうのも良いかもね」

しかも大量に浮いている泡が楓さんの白雪の肌を適度に隠しているので普段とは違う色気を感じる。あの泡の下には何があるのだろうか、そんな期待と興奮に心を奪われる魅惑の入浴タイムだ。

「ねぇ……勇也君。どうして反対側、しかもそんな端っこに座っているんですか？」

楓さんは頬を膨らませながらジト目で俺のことを睨《にら》んだ。いや、何でって言われてもこれがいつものスタイルだと思うんだけど？

「違います！　記憶を捏造《ねつぞう》しないでください！　一緒にお風呂入る時はいつも私が勇也君のことを後ろからぎゅって抱きしめていました！」

「それこそ記憶の捏造じゃないかな⁉　そりゃ確かに楓さんに後ろから抱きしめられたことはあったけどいつもじゃないよね⁉　と言うかそんな言うほど一緒にお風呂に入ってないよね⁉」

「むぅ……勇也君が来ないというならこっちから行きます！　虎穴に入らずんば虎子を得ずです！」

「それは意味がなんか違くないか……って、楓さん、あなたまさか――⁉」

気付いた時には時すでに遅く、楓さんが盛大に水しぶきと泡をまき散らしながら俺の胸

した。

の中に飛び込んできた。むにゅっとした天にも昇る感触が身体に伝わり、俺は全てを理解

「フフッ、気付いちゃいましたか？　そうです。今の私は……は・だ・か、です。タオルは初めから巻いていませんよ」

「なっ……どうして……？　今までそんなことなかったのに……！」

楓さんと結ばれて以降、少ないながらも楓さんと一緒にお風呂に入ることはあったが必ずスク水着用か、もしくはバスタオルを巻いていた。それなのにどうして今日は何も身に着けていないんだ⁉

「泡風呂なら身体が隠れるじゃないですか。現に今もこうして勇也君にダイブしましたけど泡はまだたくさんありますし。それにこの方が勇也君の熱とか、心臓の音とか、すごく感じるんです」

ハァ……とうっとりしたため息をつきながら、楓さんは静かに俺の腰に腕を回して頭を心臓の位置にぴとっと寄せた。ヤバい、ただでさえ楓さんの双丘を押し付けられて心臓の鼓動が速くなっているのに裸だってことがわかって大変なことになっている。それを聞かれたら――

「勇也君……すごくドキドキしていますね……」

「だ、だって楓さんと一緒にお風呂入っているんだし……そ、それに……」

「それに、なんですか？」

「か、楓さんが裸って言うから……その、緊張しているというか興奮しているというか……あぁ、もう！　言わせるなよ！」

自分でも顔が熱くなっているのがわかる。そんな顔を楓さんに見られるのが恥ずかしくて俺はそっぽを向いた。

「ドキドキしているのは勇也君だけじゃないんですよ？　わ、私だって……す、すっごくドキドキしているんですよ？」

「か、楓さん……上目遣いで潤んだ瞳を向けるのは反則だよ……」

「勇也君も私の心臓がどうなっているか……耳を当てて確かめてみてください」

バシャッと音を立てて楓さんが浴槽の中で膝立ちになる。所々に泡が付いており、それはまるで女神の裸身を守る鎧《よろい》の様だ。けれどそれはむしろ秘されているものを暴きたいという俺の中にある欲情を掻《か》き立てる剣でもある。

「ほら……聴いてください。私の心臓の音……すごいですよ？」

固まって動けずにいる俺の頭を優しく包み、そのまま自分の心臓のあるところに導かれた。

「か、楓さん……あの……これは……」

「こ、これでわかりましたよね？　私もすごくドキドキしているのが……」

はい、わかります。わかりますけどそれどころじゃありません。楓さんの胸に顔を押し付けられている状態なんだよ？　シルクのような肌触り、その上でふにゅっとした俺をダメにするおっぱいに顔を埋《うず》めているのだ。甘いシナモンの香りが俺から思考を奪っていく。

「ねぇ、勇也君。どうして何も言ってくれないんですか？」

楓さんがどこか切なげな声で尋ねてくるが俺はそれどころではない。

「ごめん、楓さん……もう……無理だわ」

「えっ？　勇也君？　だだ、大丈夫ですかぁ⁉」

いつかの温泉の時のように、慌てふためく楓さんの声を遠くに聞きながら俺の意識はブラックアウトした。思春期男子には刺激が強すぎるご褒美《ほうび》だよ。

閑話 ● 結ちゃんの恋愛相談室

I'm gonna live with you not because my parents left me their debt but because I like you

「なぁ、宮本《みやもと》さん。ちょっと聞きたいことがあるんだけど……いいかな？」

ある日の朝のこと。眠気に打ち勝ち、楓《かえで》ねぇと吉住《よしずみ》先輩の甘々な登校風景を見せつけられて這《ほ》う這うの体《てい》で教室にたどり着いた私に、前の席に座っている八坂《やさか》君が振り返りながら神妙な面持ちで尋ねてきた。

「それはあれかな？　もしかして恋愛相談的なサムシングかな？」

彼とは席が前後でかつ同じバスケ部ということもあってか仲良くなった。精悍《せいかん》な顔立ちの吉住先輩とは真逆で、八坂君は柔和《にゅうわ》で優しい雰囲気の男の子だ。例えるならライオンと子猫？

そんな彼をからかうように私は口元をゆがめながら尋ねると、彼は〝まぁそんなところかな〟と前置きをしてから——

「……二階堂《にかいどう》先輩って好きな人いるのかな？」

「――――八坂君。あまりの発言に私は驚きを通り越して呆《あき》れて何も言えないよ」

私はやれやれと大袈裟《おおげさ》に肩をすくめながら言った。二階堂先輩の想《おも》い人が誰かなんて見ていればすぐにわかると思うけど？　といっても八坂君は私ほど二階堂先輩と一緒にいないからわからないか。

「まぁなんとなく察しはついているんだけど。昼休みとかに宮本さんがいつも一緒にいる二年生のグループの吉住先輩だろう？」

「私も直接聞いたわけじゃないんだけど、きっとそうだよ。だって吉住先輩を見ている二階堂先輩の顔は楓ねぇとそっくりだからね」

吉住先輩が居残り練習をしている私や二階堂先輩を呼びに体育館にたまに来るとすごく嬉《うれ》しそうな顔をする。明和台《めいわだい》の王子様、イケメンと言われていて男子よりもむしろ女子から絶大な人気を得ているが、私には楓ねぇと同じ恋する乙女にしか見えない。

「居残り練習をしている二階堂先輩を体育館に呼びに来た時からそうじゃないかって思っていたけど……やっぱりそうかぁ」

そう言ってがっくりと肩を落とす八坂君。

「朝から辛気臭いなぁ。自分から尋ねてきておいて落ち込まないの！　それに恋愛は勝ち負けじゃないいんだからね！」

「でもさぁ……サッカー部の連中から聞いた限りだと吉住先輩は凄《すご》くないか？　一つ年上とは思えなくないか？」

苦笑いをしながら八坂君は言った。私は楓ねぇや二階堂先輩から幾度となく〝いかに吉住先輩がすごいか（そしてカッコイイか）〟を聞かされてきたし、実際この目で見た時は本当に驚いた。

「一年生の頃から毎日一人残って練習しているんだろう？　俺には無理だなぁ。しかも球技大会も上級生相手に勝っちゃうしさ」

「球技大会の最後の場面。あの時の吉住先輩は正直私もときめいちゃったなぁ。もし楓ねぇと付き合っていなかったらファンクラブが出来そうなくらいカッコよかったよ」

こんなこと楓ねぇの前で言おうものなら〝勇也《ゆうや》君は誰にも渡しません！〟と言って暴れ出しそうだ。あと念のため断っておくけど、私が吉住先輩に惚《ほ》れたというわけではない。例えるならテレビの向こう側にいるアイドルを見ているような感じかな。

「サッカー上手《うま》い上に一葉《ひとつば》先輩みたいな超がつくくらい可愛《かわい》い彼女がいるとかラブコメ小説の主人公だよなぁ。スペックがチートすぎる」

そう言ってへなへなと私の机に萎《しお》れてくる八坂君。倒れるなら自分の机にしてくれないかな？　ものすごく邪魔なんだけど？

「まったくもう。自分から話し始めておいて勝手に落ち込まないでって言ったよね？」

「だってさぁ……こんなに差を見せつけられたら俺なんかに振り向いてもらえるかわからないじゃんかよ。どうしたら吉住先輩に勝てるんだよぉ」

「……私はね、八坂君。恋って勝ち負けじゃないと思うんだ。好きな人に振り向いてもらうために頑張って頑張って……その結果が仮にダメだったとしてもその頑張りは尊いものだと思うし、努力している八坂君を見て好きになる子もいるかもしれないじゃない？」

吉住先輩にそういう意図はなかったかもしれないけど、一人グラウンドに残ってボールを蹴り続けるひたむきさに自分にはないモノを感じて楓ねぇは惹《ひ》かれたと言っていた。

「だからね、八坂君。二階堂先輩に振り向いてほしかったらキミが戦うのは吉住先輩じゃなくてキミ自身だよ」

偉そうに話したけど、この話の元ネタは私のママとパパの馴《な》れ初《そ》め話だ。どうしてパパを好きになったのかママに聞いたら満面の笑顔で教えてくれたのだ。

「俺自身との戦いか……まさか恋愛相談でそんなことを言われるなんて思わなかったよ」

「つまり何が言いたいかって言うと、ひたむきに頑張っている人って素敵だよね！　ってこと。若人《わこうど》よ、頑張りたまえ！」

バシンッと肩を思い切り叩《たた》いて八坂君に気合を注入してあげる。〝手加減してくれよ⁉〟

と泣き言を言う彼を無視して私は授業の準備をする。1限目は数学か。眠気覚ましにはちょうどいいかな？

「ありがとう、宮本さん」

授業の準備をするためにカバンを漁《あさ》りながら、八坂君がボソッと言った。

「俺……頑張ってみるよ。吉住先輩のようにとまではいかないけど自分なりに精一杯頑張ってみる」

「うん、その意気だよ。頑張ってね、八坂君。私でよければいつでも相談乗ってあげるよ。報酬は特別に昼休みのジュース一本で手を打ってあげる」

「ハハハ……それは頼もしいな。それじゃ早速だけど二階堂先輩の誕生日を教えてください！　好きなものと併せて！」

そういうことは自分で聞くものだよ、八坂君。

第8話 ● 羽を伸ばしに行きましょう！

I'm gonna live with you not because my parents left me their debt but because I like you

高校二年生になったからと言って特別何か変わったわけではない。強いて言えば、楓《かえで》さんの隣に相応《ふさわ》しくあるように、自分の力で楓さんを幸せに出来るように心に決めたので、去年と違って最初から勉強に力を入れていることくらいだ。部活との両立は大変だけど、自分で決めたことだから頑張らないとな。

「時間が経《た》つのはあっという間ですね。ついこの間二年生になったと思えばもうすぐ夏休みですよ」

焼きたての食パンにイチゴジャムを塗りながら楓さんはどこか嬉しそうに言った。

制服が夏服に変わってからひと月弱。リボンを着用しなくてもよくなったことで、ブラウスの第二ボタンまで解放しているため、デコルテラインが見えそうになっているのは精神衛生上よろしくない。

「ついこの間まで桜が咲いていたのにね。期末試験も今日で終わりだし、そうすればすぐに夏休み突入だ」

一学期最大の山場である期末試験。これを無事に乗り切ることが出来ればこの先に待っているのは一か月半にも及ぶ長期休みだ。

遊ぶもよし、部活に精を出すもよし、はたまた今後を見据えて勉強するもよし。まさに学生だけに許された特権期間。ちなみに俺は春休みと同様に部活とバイト漬けの予定だ。こういう時しかお金を貯《た》めることが出来ないからな。

「むぅ……バイトもいいですけど夏こそ勇也《ゆうや》君と思い切り満喫したいです」

しょんぼりと楓さんは肩を落とす。俺としても一緒に夏を楽しみたいのは山々なのだが、先立つものがなければ始まらない。

「肩ひじ張らないでください。ほら、夫婦の財布は共同と言うじゃないですか？　だから安心してください！」

「まだ夫婦じゃないよねってツッコミもしたいけど、俺は楓さんにおんぶに抱っこにはなりたくないんだよ」

「そういうところは勇也君の素敵なところですが、海にプールに夏祭りに花火大会！　やれることは全部やりたいんです！　だから駄々をこねないでください」

これればかりは〝はい、わかりました〟と簡単には頷《うなず》けない。というか楓さんの頭の中から目の前の試験は消え去っているご様子だ。だがそれでも今回のテストでも学年一位になること間違いなしだから恐れ入る。それにしても夏祭りか。去年は二階堂《にかいどう》達とみんなで行ったな。

「頭が上がらないのは私の方です。勇也君は本当に頑張っていると思います。5月の中間テストでは目標の学年五位に入ったじゃないですか」

一年生最後の試験では学年上位五番以内という目標を達成出来なかったが、今年最初の試験でリベンジすることが出来た。

「諦めず、慢心せず、努力をし続ける勇也君の姿に私は惹かれたんです。今すぐに成果は出なくても勇也君なら大丈夫ですよ」

「楓さん……ありがとう」

「フフッ。それに今回の試験で学年五位以上に入ったらご褒美《ほうび》をあげますって約束したのでぜひとも達成してほしいです」

そう言って微笑《ほほえ》む楓さんは慈愛の女神のようだが、しかし瞳の奥には妖艶《ようえん》な小悪魔が宿っていることを俺は知っている。

「勇也君が頭の中で何を考えているか手に取るようにわかります。ズバリ、私のスク水姿がまた見たいなぁって考えていますね？」

「そそそ、そんなことはないよ⁉　朝から何を言っているんですかね⁉」

「そうですかぁ？　顔に書いてありますよ？〝楓さんの貴重なスク水姿、写真に収めておけばよかった〟って」

そんなバカな。真面目で真摯な顔をしているはずですけど？　でも確かに、ほんの少しだけど、楓さんのスク水姿を写真に収めておけばよかったなとは考えていた。それを夏休み限定でスマホの待ち受け画面にしたいとも。

「もう……勇也君は朝から色々元気ですね。そこまで言うなら今から着替えてきましょうか？　あ、制服の下にスク水を着るのはありですかね？　今日も暑くなりそうなので快適に過ごせると思うのですが⁉」

「うん、それはさすがにダメだよ楓さん。一瞬いいかなって思ったけど絶対にダメです」

「どうしてですか？　いいじゃないですか、下に水着を着ていれば、万が一雷雨にあってびしょびしょに濡《ぬ》れても問題ないんですよ？」

問題しかないですよ、楓さん。むしろあなたはどうしてキョトンとして〝意味がわかりません〟みたいな顔をしているんですかね？

「楓さん、俺はこう見えても独占欲が強いんだよ。だから楓さんがスク水を着ている姿を他の男には見られたくない。だってあれは俺へのご褒美だったんだから」

我ながらなんと器の小さいことか。でも好きな人が自分にだけ見せてくれた特別な姿を独占したいと思うのは至極当然のことではないだろうか？　ウェディングドレスなんかはその極致だろう。

「今日は本当にどうしたんですか？　勇也君の頭の中では私との結婚式が行われているんですか？　それなら夏休みに式場探しに行きますか？　ハネムーンはどこがいいですか？」

ずいっと前のめりになりながら尋ねてくる楓さん。制服にジャムが付きそうになっているから気を付けてね。あと結婚式場探しはまだしないからね。ハネムーンの前に普通に楓さんと旅行に行きたいよ。そう言えば今年は修学旅行もあるよな。

「結婚式はもちろん挙げるけど、そのための費用は自分達で用意しようね。楓さんのご両親は援助するって言ってくれそうだけど、そこは極力甘えずにいこう。大変だけど、その方が最高の式になると思うからさ」

言ってて恥ずかしくなった俺は、それを誤魔化すようにコーヒーに口を付けた。砂糖もミルクも入れていないのに口の中に甘さが広がった。

「も、もう！　ロマンチックなことをさらりと言うのはよくないと思います。でも勇也君の言う通りですね。私達の式なので、私達で頑張れるだけ頑張りましょうね」

窓から差し込む朝日に照らされながら、にこっと笑った楓さんは絵画に描かれている女神様のように綺麗《きれい》だった。

＊＊＊＊

「さぁさぁ、みんな！　今日は何して遊ぼうか!?　ボウリング？　カラオケ？　それともゲームセンター？　時間はたくさんあるから全部行っちゃう!?」

今日は午前中の試験だけで学校が終わるため、テンションの上がった大槻《おおつき》さんの提案でどこかに遊びに行くことになった。今はどこに行くか結《ゆい》ちゃんを交えて相談中。

「私としては勇也君の歌が聴きたいです！　Xなジャパンさんの名曲を披露してください！」

楓さんはカラオケをご所望か。そんなに俺の歌を聴きたいのか？　別にそんなに上手《うま》くないぞ？　むしろ俺としては楓さんの歌声を聴いてみたい。

「ボウリング以外なら別にどこでもいいよ？　私、ボウリング苦手だから」

バスケ部エースで運動神経のいい二階堂の唯一苦手なのがボウリングだ。一年生の頃、文化祭の打ち上げでカラオケに行く前にボウリングに行ったのだが散々なスコアだったからな。

「はいはい！　大槻先輩、私は全部行けばいいと思います！　ボウリング1時間半、カラオケ2時間、ゲームセンター1時間なら完璧じゃないですか⁉」

結ちゃんは全部を希望するという強欲な主張をする。それは一番理想かもしれないが時間が足りなくて盛り上がり始めたところで次に行かなきゃいけなくなって結局楽しめないんじゃないかな？

ちなみに俺と伸二《しんじ》はボウリングに行きたい派。試験勉強で鈍《なま》った身体《からだ》を動かしたいからな。

「むむっ。意見が合いませんなぁ……というかなんだか数学の問題ぽくなってにゃいかな？」

「そういう秋穂《あきほ》はどこに行きたいの？」

「え、私⁉　私はもちろん結ちゃんと同じで時間の許す限り全部だよ！　夏に向けてオールで遊ぶ覚悟が私にはある！」

まさかの大槻さんは結ちゃん派だった。一晩中遊び倒す気かよ。小さな身体のいったいどこにそれだけの体力があると言うのだ。燃費が良すぎだろう。

「あ、夏と言えばもうすぐ夏休みですがみんなはどこかに行く予定はありますか？」

楓さんが唐突に話題を切り出してきた。当然のことながら俺にそんな予定はなく、二階堂は部活中心でお盆休みに田舎に帰るという。伸二と大槻さんも似たようなものだった。

「私は楓ねぇと一緒に沖縄の海を満喫したいなぁ。そういえば今年はどうするの？」

「あぁもう！　結ちゃん、今から私が言おうと思ったこと先に言わないでください！　折角サプライズだったのに台無しです！」

何気ない結ちゃんの発言に慌てふためく楓さん。この二人は家族ぐるみの付き合いだから毎年夏休みは一緒に旅行に行っていたんだろうな。というかサプライズって言っていたけど何を企《たくら》んでいるんだ？

「おっほん。それでは気を取り直して私から提案しますね。今年の夏はみんなで沖縄に行きませんか？」

「「「お、沖縄――――!?」」」

結ちゃんを除く俺達四人の声が綺麗に重なった。どうしてキミも驚いているんだ、という視線を二階堂から向けられるが俺だって今初めて聞いたんだから仕方ないだろう。

「一度きりの高二の夏休みですからみんなで羽を伸ばすのはどうかなと思ったんです。あ、飛行機代はもちろん泊る場所もこちらで用意しますから安心してください」

楓さん曰《いわ》く、沖縄には一葉《ひとつば》家の別荘があるとのこと。それを使わせてもらう許可はすでにご両親に取っているそうだ。さすが日本が世界に誇る大企業の社長令嬢。太っ腹すぎる。

もしかして試験が終わったらご褒美をあげますって言っていたのはこのことだったのか？　もしそうなら俺は断るぞ？　今朝も話したように何から何までおんぶに抱っこと言うのは心苦しいからな。

「あ、勇也君へのご褒美は別に用意してあるので楽しみにしていてください。沖縄への旅行はみんなとの思い出作りです！」

「か、楓ちゃん……あなたって人は……！　あなたって人はぁぁぁぁぁぁ‼　大好きだよおぉ！」

感極まった大槻さんが叫び声を上げながら楓さんに抱き着いた。よしよしと泣く子をあやすように大槻さんを優しく撫《な》でる楓さんは女神様そのものだな。なんて美しい光景なんだろうか。写真に収めておくか。

「沖縄かぁ。私、行ったことないから楽しみだよ。あ、沖縄といえばやっぱりマリンスポーツだよね？　水着を買いに行かないとなぁ」

珍しく二階堂のテンションも上がっている。明和台《めいわだい》高校にはプールがないので茂木《もぎ》を含めた多くの男子生徒の嘆きの声が毎年夏の風物詩となっている。特に明和台の三大美少女と呼ばれている楓さん、大槻さん、二階堂の三人の水着姿を見たい奴《やつ》は多いだろうな。もし旅行のことが知られたらなんて言われるか。

「二階堂先輩がそう言うなら私も買っちゃおうかなぁ。去年買ったのがあるけどせっかくだから新しいのが欲しいなぁ」

「私もあることにはあるけどサイズが合わないかもしれないからこの機会に買っちゃおうかな。楓ちゃんはどうするの？」

「私も新しいのを買おうと思っています。去年結ちゃんと一緒に買いに行った物がもうきつくて……」

「……なんだと？　楓ねぇのおっぱいはいまだなお成長中だというのか？　というか大槻先輩もまだ大きく……？　世の中不公平過ぎない？」

大槻さんと楓さんのぼやきを聞いた結ちゃんが自身の胸元に手を当てて、わなわなと肩を震わせながら呟《つぶや》いた。二人の無意識の発言が彼女の中の地雷を踏みぬいてしまったようだ。そんな後輩の肩をポンと優しく叩《たた》く二階堂。

「あっ！　それならこれからみんなで水着を買いに行くというのはどうですか？」

「楓ちゃん、あなたは天才だよ！　今すぐ行こう、そうしよう！」

　この楓さんの発言に大槻さんは即答し、俺と伸二は揃《そろ》ってカエルが潰れたような声を上げた。

　この後に待ち受ける展開が容易に想像出来る。この二人、間違いなくファッションショーを始めて俺と伸二の純情を弄ぶつもりに違いない。

「むぅ、なんですか勇也君。その顔は？　どうせなら私は勇也君が好きな水着を着たいんです。だから一緒に来てくれますよね？」

「シン君。私も楓ちゃんと同じ意見だよ。シン君はどんな水着が好きか是非とも意見を聴かせてほしいなっ！」

　ジリッ、ジリッと詰め寄ってくる捕食者二人。サバンナに生息する哀れな草食動物である俺と伸二は彼女達から逃れるすべはなく、ただ素直に〝はい〟と頷《うなず》くしかなかった。

「二階堂先輩も一緒に行きましょう！　むしろお願いですから一緒に行ってください！　あの二人と水着を選ぶことになったら胸囲の格差社会で死にたくなります！」

「私だって嫌だよ⁉　バカップル二組と一緒に水着を買いに行くなんて――――！」

「ナイスアイディアだよ、結ちゃん！　私達四人でシン君とヨッシーを悩殺しよう！　そうしよう！」

結ちゃんの誘いを断ろうとした二階堂の腕を無理やり取った大槻さんが、勢いそのままにカバンを教室に残したまま飛び出してしまった。

「まったく。秋穂ったらはしゃいでるなぁ。僕が秋穂のカバンを持っていくから勇也は二階堂さんのを持って来てね」

そう言い残して伸二は駆け足で二人の後を追った。さて、俺達もそろそろ行きますよ、楓さん。

「勇也君を悩殺するにはいったいどんな水着を選べば……この勝負、絶対に負けられません！」

メラメラと瞳を燃やす楓さん。いったい誰と勝負するというのか。あと口には出さないけど一つ言わせてもらうなら、楓さんの水着姿ならどんなものを選んでも俺は悩殺されるので安心してください。

第9話 ● 水着選びは大胆に

俺達六人がやって来たのは、楓《かえで》さんへのプレゼントを買い、春休みに梨香《りか》ちゃんが迷子にもなった大型のショッピングモールだ。学校から近くてかつ品揃《ぞろ》えも豊富にあり、さらにゲームセンターもあるので羽を伸ばすにはぴったりだ。

「それじゃぁ早速水着を見に行こう、って言いたいところだけどまずは腹ごしらえだね！腹が減っては戦が出来ぬって言うし！」

買い物が戦とは大袈裟《おおげさ》だなと思ったが、口に出そうものなら大槻《おおつき》さんに鬼のような形相で睨《にら》まれること間違いなしなので心に留《とど》めた。

「そうですね。ここから先は長丁場になりますから栄養補給はしておかないといけませんね」

自らを鼓舞するようにぐっと拳を握る楓さん。女の子の買い物は長いとよく言うが、水着一着を決めるのにどれくらいかけるつもりなのだろうか？　うん、これも口が裂けても言えないな。

「んぅ……どれがいいんだろうか。みんな可愛《かわい》いけど、私に似合うのが見つかるだろうか……」

二階堂《にかいどう》はスマホをじっと見つめながら唸《うな》り声を上げている。ここまでの道中、二階堂はずっとこんな感じだ。ちらっと見えた画面から推測するに、今年の水着のトレンドを調べているようだった。

「何を悩んでいるかわからないけど、二階堂ならどれを着ても似合うと思うから大丈夫だよ」

「そ、そうかな？　私に似合う可愛い水着……見つかるかな？」

そんな泣きそうな声で尋ねてくるのは反則だぞ、二階堂。いつもの王子様は旅に出て行方不明にでもなったのか？

「まぁあれだ。そこまで言うなら俺も協力するよ。参考になるかわからないけどな」

楓さんの水着選びをするのは確定事項だ。そのついでになってしまうが、それでもよければ二階堂の水着選びを手伝うのもやぶさかではない。一人手伝うのも二人手伝うのも同じともいう。

「うん。ならお言葉に甘えさせてもらおうかな。フフッ、私に似合う水着をしっかり選んでね、吉住《よしずみ》？」

　コロリと表情が明るくなった二階堂に爽やかな笑顔を向けられて、俺は不覚にもドキッとしてしまった。楓さんが世界を明るく照らす慈愛に満ちた太陽のような笑顔だとするなら、二階堂のそれは澄んだ静謐《せいひつ》な夜空に浮かぶ黄金に輝く月のよう。対照的だが共通しているのはどちらも〝綺麗《きれい》で可愛い〟ということだ。

「勇也《ゆうや》君、私の水着選びも手伝ってくださいね！　二階堂さんばかり見ていたら拗《す》ねちゃいますからね⁉」

　俺の思考を遮るように楓さんが袖を引っ張ってきた。

「んっ？　あぁ、わかってるよ楓さん。しっかりお手伝いさせていただきますよ。でもくれぐれも普通のにしてね？　際《きわ》どいのは選ばないでね？」

「安心してください。可愛くて勇也君がドキドキする水着を選びますから。それとも勇也君はあれですか、水着は水着でもスクール水着がいいですか？　お風呂《ふろ》でマッサージをしてあげた時もすごく喜んでいましたし……」

「スト―――――ップ‼　それ以上はダメだよ、楓さん！」

　俺は慌てて叫んだが時すでに遅く。楓さんの発言はしっかりと大槻さんの耳に届いており、その瞳が好奇心でキラキラと輝き始めてしまった。

「楓ちゃん、お昼ご飯を食べながらその話、詳しくじっくりしっぽり聴かせてもらいましょうか」

名刑事が容疑者を追い詰めるがごとく、大槻さんが楓さんにジリッと詰め寄った。これがドラマなら容疑者は逃走を図るシーンなのだが、

「えへへ……中学の頃に着ていたスク水だったのでサイズも少しきつくて恥ずかしかったんですが勇也君に喜んでもらえて嬉《うれ》しかったです」

この犯人は逃げるどころかむしろ身体《からだ》をくねくねさせながら少し恥ずかしそうにそう言った。うん、俺に対して口が軽いって言ったけど楓さんだって十分口が軽いよね？

「へぇ……意外だね。勇也にそういう趣味があったなんて僕は知らなかったよ」

伸二《しんじ》が感心したように言いながら肩をポンと叩いた。なんだよ、その意味深な表情は。無性に腹立つな。

「言わせてもらうが、大槻さんがいきなりスク水を着て自分の前に現れたら伸二ならどういう反応をするんだよ？　冷静でいられるのか？」

「愚問だよ、勇也。もし秋穂《あきほ》が中学生の頃の水着を着て目の前に現れたら……僕の意識は昇天するよ」

ウィンクとサムズアップをビシッと決める伸二。うん、胸を張りカッコいい仕草で言っ

ているが如何《いかん》せんその台詞《せりふ》がカッコ悪すぎる。まぁ楓さん以上に実っている果実をお持ちの大槻さんに迫られたら伸二と言えどもどうにかなるのは当然か。

「私も一葉《ひとつば》さんくらいあったらよかったのになぁ……お母さんも大きいからいつか私も……！」

「いや、何言っているんですか二階堂先輩。あなたも楓ねぇ側ですからね？　しばき倒しますよ？」

二階堂が自分の胸と楓さん、大槻さんのとを見比べて悲愴《ひそう》感を漂わせながら呟き、結《ゆい》ちゃんが血の涙を流して突っ込んだのを俺は聞こえないふりをした。出来ることなら今すぐ逃げ出したいなぁ。

＊＊＊＊＊

「無理だよ、秋穂！　これ以上は許して！　本当に恥ずかしいから！」

「えぇ……どうして嫌がるのさぁ？　たまにはいいじゃん！　諦めて私のあーんを受け入

れてよ、シン君！」

いったい何が起きているんだと尋ねられたら見ての通り、腹ごしらえに入ったファミレスの中でバカップルがバカップルの本領を発揮しているとしか言いようがない。

満面の笑みを浮かべた大槻さんがパンケーキを食べさせようと伸二に突き付ける。顔を真っ赤にして俺に助けを求める視線を送ってくる親友に対して、俺は心の中でご愁傷さまと手を合わせた。因果応報だ。甘えてくる楓さんに俺が困っているのを笑っていた罰だ。

ちなみにその楓さんは、大槻さんに頼まれて二人のやり取りを撮影している。

「なるほど。これが明和台《めいわだい》高校の初代バカップルの実力ですか。見誤っていました。これは楓ねぇと吉住先輩に匹敵するレベルですね……」

感心した様子でもきゅもきゅとパスタを食べる結ちゃんと、肩をすくめながらアイスコーヒーを飲む二階堂。

「そうじゃなきゃバカップルなんて呼ばれたりしないだろ。というか結ちゃん、俺と楓さんもこれと同じレベルなの？」

ちなみに俺が頼んだのはハンバーグランチ。こういうところで食べるとやっぱり高くつくしお店には申し訳ないが楓さんの手作りのほうが美味《おい》しい。

「いや、吉住の場合はところかまわずイチャイチャしている分、まだこの二人の方がマシかな？　逆に言えばそこしか差はないんだけど」

「二階堂さんや。その口ぶりだと俺と楓さんの方がバカップル具合としては上だってことになっていませんか？　それは正直解《げ》せないのですか？」

「ハァァァア？　何を言っているんだい、吉住。キミと一葉さんはバカップルを通り越してメオトップルだろう？」

「二階堂先輩の言う通りです。自分は違うみたいな顔をしていますけど吉住先輩と楓ねぇも大概ですからね？　すでに一年生の間では有名になっていますからね？」

まったく、と二人は同時に肩をすくめる。俺と二階堂と結ちゃんがこうして呑気《のんき》に会話をしている間にも、伸二と大槻さんの夫婦《めおと》漫才は続いている。

「うぅ……秋穂は恥ずかしくないの？　二人きりの時ならまだしもみんながいる前でこんなことをするなんて」

「いやぁ……なんか毎日のように楓ちゃんとヨッシーがイチャイチャしているのを見ていたら感覚がマヒしたのか全然恥ずかしくないいんだな、これが」

「そっか……つまり勇也のせいってことだね。あ、一葉さん。せめてものお願いなんだけど……写真を撮るのはやめてくれないかな？」

すでに昼食を食べ終えている楓さんはスマホのカメラレンズを伸二と大槻さんに向けて

いた。

「ウフフ……安心してください、日暮《ひぐれ》君。写真は撮っていませんから」

楓さん、邪悪な笑みで〝安心してください〟と言ってもこれっぽっちも信用できないからね。その証拠に楓さんは口角を吊り上げて、

「安心してください。秋穂ちゃんと日暮君が楽しそうにしているのをしっかりばっちり動画で撮影していますから」

と死の宣告をした。その瞬間、伸二はムンクの叫びのような表情となった。シャッター音が聞こえてこなかった時点でその可能性に至っておくべきだったな。残念なことに君が何回か大槻さんにあーんをしてもらっている様子はばっちり撮影済みだ。

「勇也ぁ！　君は一葉さんが動画撮影をしていることを知っていたんだね⁉　それなのに僕に教えないだなんてひどすぎるよ！」

「ハッハッハッ。大槻さんも言っていただろう？　たまには存分にイチャイチャするといいさ。無礼講というやつだよ、伸二君」

「無礼講の使い方として正しいかどうかはさておき、存分にイチャつかれても困るよ、吉住」

いい加減にしてくれとばかりにため息をつく二階堂。

「いいなぁ……私も楓ねぇにあーんってしてもらいたかったなぁ。昔はよくしてくれたのになぁ」

愚痴をこぼしながら大盛パスタを完食した結ちゃんは食後のデザートとして注文したパフェを食べ始める。甘いものは別腹という言葉がここまで似合う子はそうそういないだろう。

「結ちゃんは昔からよく食べる子でしたから。それでいて体型は変わらないので羨ましいです」

苦笑いしながら言う楓さんに対して結ちゃんはハイライトの消えた瞳でどこか遠くを見つめながらぼやいた。

「どうせ私はいくら食べても変わらない寸胴体形ですよ。楓ねぇや大槻先輩と違ってナイスバディにはなれませんよぉ」

大きなため息をつきながら豪快にパフェをすくって頬張る結ちゃん。横に座る二階堂はうんうんと頷《うなず》いて可愛い後輩を慰めるように頭を撫《な》でる。いやいや二階堂さん、どちらかといえばあなたも楓さん達側の女子だからね？

なぜなら男子達の間で楓さん、二階堂、大槻さんの三人は明和台の三大美少女と秘《ひそ》かに呼ばれているくらいだからな。圧倒的に男子人気の高い楓さんや大槻さんに比べて、二階堂は男女から幅広い人気を得ている。２月に抱えきれないくらいのバレンタインチョコを貰《もら》っていたのがその証拠だ。

「二階堂先輩だって楓ねぇと同類ですからね？　この間の球技大会で二階堂先輩に一目ぼれした女子はたくさんいるんで！　あと、二階堂先輩も十分巨乳ですからね⁉　すなわち私の敵です！」

ガウガウと吠《ほ》え出す結ちゃんは悲しいことにこのメンバーの中においては一番発育が遅れている。だが決して幼児体型というわけではなく、あくまで楓さん達と比べたらの話だ。

「泣くな、結ちゃん。きっといつか楓さんのようになれるよ！」

「うわぁあああん‼　吉住先輩が一番ひどい！　傷ついたので吉住先輩のおごりでこのスペシャルパンケーキを注文しますね！　すいませ――――ん！」

「ちょっと結ちゃん⁉　まだ食べる気なの⁉　というか地味に高いやつを頼もうとしないでくれるかな⁉」

「ごめんなさい、勇也君。今回ばかりは私も擁護できません」

楓さんに見放された俺は、１０００円近くするパンケーキを結ちゃんに奢《おご》ることになったのだった。金策に頭を悩ませている俺にとって痛すぎる出費となった。

＊＊＊＊＊

思わぬ形で散財した後、今日のメインイベントがまもなく始まろうとしていた。これから始まるのは夏を制覇するための一大決戦。油断も慢心もせず、気合を入れて選ぼう。というのは大槻さんが大袈裟《おおげさ》に言っているだけで単に水着を買うってだけなのだが。

「何を呑気なことを！　いいですか、勇也君。これは一世一代の大勝負なんです！　水着選びを制する者は夏を制するんです！」

「そうだよ、ヨッシー！　沖縄の海を全力で楽しむためにはまず形から入らないとなんだよ！　というわけだから行くよ、シン君！」

鼻息を荒くした大槻さんが伸二の腕を強引にとって水着売り場へと突貫を仕掛ける。ほとんどが女性客で占められ、色鮮やかかつ肌色成分の多い店内に俺達男子が入るのは下着コーナーに行くのと同じくらい緊張する。行ったことないけど。

「そういえば勇也君。私、そろそろ新しい下着が欲しいのでこの後一緒に見に行ってくれませんか？　勇也君に選んでほしいです」

「いや、水着ならまだしも下着選びには絶対に行かないからね？」

あのコーナーの前を通るだけでも変に緊張するというのに一緒に入って、しかも選ぶとなるとそれは最早《もはや》苦行だ。というか水着選びでさえも本当は逃げ出したいのに。

「秋穂、お願いだから腕を引っ張らないで！　というかどうしても一緒じゃなきゃダメなのかな⁉　僕と勇也は外で待っているから四人で見てきた方が楽しいと思うよ⁉」

伸二は入り口手前で必死に抵抗しているが大槻さんは有無を言わせない満面の笑みを浮かべて、

「私はシン君に選んでもらいたいし、楓ちゃんも哀《あい》ちゃんもヨッシーに見てもらいたいの！　それともなにかな、シン君とヨッシーは乙女の健気《けなげ》なお願いを聞けない器が小さい男の子なのかな？　もしそうなら――」

「わかった。わかったよ、秋穂。行くから、勇也と一緒に行くから引っ張らないで！」

「まったくもう！　最初からそう言えばいいんだよ。さぁ、皆行くよ！」

おぉ！　と拳を掲げながら意気揚々と店の中へと入っていくバカップル。それじゃあ俺も腹を括《くく》って楓さんの水着選びを手伝うとしよう。俺は楓さんに手を差し伸べた。頬をわずかに赤くしながら楓さんは俺の手を取った。

「フフッ。勇也君はどんな水着を選んでくれるのか楽しみです。勇也君の性へ……じゃなくて趣味がこれでわかりますね」

うん、言い直した意味がないよね。楓さんの彼氏として精一杯選ばさせていただきますよと心の中で呟《つぶや》きながら指を絡《から》めてぎゅっと握った。

「えへへ。それじゃ行きましょうか。可愛《かわい》い系かそれともセクシー系か。私はどっちでもオッケーですからね！」

「はいはい。まずはどんなものがあるか見てから決めようね。ほら、二階堂もスマホを見ていないで行くぞ」

この期に及んでなおスマホでトレンドをチェックしている二階堂に声をかけて手招きをする。あぁ、と心ここにあらずの返事をしながら、何を思ったのか俺の手を取って握ってきた。

「――――！！？？」

楓さんは驚きのあまりムンクの叫びのように口を大きく開けて、俺は何が起きたのかわからず硬直し、二階堂は自分が何をしたのか理解してない呆《ほう》けた顔からきっかり三秒後にゆでだこのように顔を真っ赤にした。

「ごごご、ごめん吉住！」

手をバタバタとさせながら弁明する二階堂。うん、面白いくらいのパニック状態だな。

俺としても驚いたが、熱心にスマホを見ているところに声をかけられたから半ば無意識だったんだろう。

「ま、まぁ気にするな。大槻さんが騒ぎ出しかねないから早く行こう」

「う、うん…… 一葉さんもごめんね。その……他意はないというか、これは事故というか……吉住と一葉さんの間に入る気はないから！」

そう言い残して二階堂は逃げるように店内へ入って行った。

「私のクラスの女子達は二階堂先輩のことをみんな王子様って言っていますけど、あぁいう姿を見るとむしろ初心《うぶ》な乙女じゃないですか」

結ちゃんが珍獣の正体を発見したハンターのような顔で言った。そうだな。結ちゃんの言う通り二階堂のことをみんなはカッコイイ女の子とか宝塚系女子と言うが、可愛いキャラクターが好きな一面もあるのでそういうところが知られたらもっと人気が出るんじゃないか？

「いわゆるギャップ萌《も》えってやつですね。んぅ……これだけ強力な手札があるのにどうして……これは本人に直接聞いて確かめなければ！」

ぶつぶつとわけのわからないことを一人で呟きながら結ちゃんは二階堂の後を追った。忙しい子だなぁ。

「そろそろ俺達も行こうか、楓さん」

「……勇也君。決めました。水着はセクシー系にしましょう。私、負けません！」

突然闘志を燃やし始めた楓さん。いや、誰と勝負するって言うんですかね？　俺の中では楓さんが断トツなんですけどね。

さて、気を取り直して楓さんの水着を選ぶわけだが、楓さんに手を引かれて連れて来られたのは煽情的《せんじょう》なものが集結しているコーナー。女子高生が着るには少し艶《なま》めかしいというか対象年齢が五歳くらい上というか、とどのつまり目のやり場に困るものばかりだ。

「んぅ……これは悩みますね……勇也君はどっちがいいと思いますか？」

楓さんは二つの水着を掲げて見せてきた。

一つはワンショルダータイプのビキニ。大胆に肩が露出されるので楓さんの新雪のような綺麗《きれい》な肌を惜しげもなく披露しつつそこにセクシーさが追加されて魅力が増すこと間違いなし。ふわりとしたデザインで色もピンクなので可愛さもあって楓さんに似合いそうだ。

もう一つはホルターネックのビキニ。谷間を強調するようなクロスストラップと大胆に背中を見せつけるバックリボン。しかし妖艶《ようえん》な大人の女性を醸《かも》し出す上のデザインに対して下は可愛らしい女の子感を演出するフレアスカートとなっており、危険なアンバランスを演出している。色も純白で、楓さんの肌にピッタリだ。こんがり日焼けした肌にも合いそうだ。

「むむっ。勇也君の反応的にはこちらの白の水着の方が良さそうですね？」

「あぁ……まぁ確かにそっちの方が俺は好きかな？」

「このバックリボンも可愛いですし、こちらは勇也君が正面に立っていても後ろに立っていても楽しめるデザインですよね！」

そうだね、前にいても後ろにいても楓さんの色っぽさを堪能《たんのう》出来るから俺のドキドキは止まらないね！　ってそういうことじゃない。

真面目な話、白の方は背中こそ大胆に露出しているが上からカーディガンなどを羽織るだけで問題ないし、そうすることで大人セクシーな女性感が増すと思う。

「…………」

「突然黙ってどうしたの、楓さん？　変なこと言ったかな？」

「い、いえ……なんだかんだ言っていたのに勇也君がそこまで考えていたことにちょっとびっくりしただけです。そうですか、大人セクシーですか。なるほど」

むむむっと顎に手を当ててどうしようか悩み始める楓さん。俺としては出来るアドバイスはしたつもりだから、最終的な判断は本人に任せよう。さて、王子様の方はどうかな。

「あっ……吉住。ちょうどいいところに。この水着、店員さんにオススメされたんだけどどう思う？」

　二階堂の方も俺のことを探していたようですぐに見つかった。

　店員さんにオススメされたという水着はデニムビキニだった。白地にアクアブルーの花柄をあしらったレースが胸元を華やかに演出している。

　可愛い正面とは対照的に、背中は露出される作りになっているので、バスケで鍛えられた健康的な二階堂をより美しく魅せるだろう。またデニム素材というもの王子様と呼ばれる二階堂にピッタリだと思う。プロのチョイスは完璧だな。

「そ、そうかな？　私にはちょっと派手な気がするんだけど……レースとか着たことないし。一葉さんならまだしも私には……」

　もし二階堂が子犬だったら、今頃耳と尻尾をしょんぼり垂らしているだろうな。現にそうやって落ち込んでいる姿を幻視したくらいだ。

「俺はその水着、似合うと思うけどな。デニムはもちろん、花柄のレースも可愛くていいと思うぞ？」

「そ、そうかな？　私も可愛い水着を着ていいのかな？」

「当り前だろう？　みんなにカッコイイとか王子様って言われているから自分でも忘れているのかもしれないけど、二階堂は十分可愛いからな？」

何を隠そう楓さんと大槻さんと並んで明和台の三大美少女と呼ばれているくらいだからな。二階堂は王子様然としているがその実可愛いものに目がない乙女なところがあるのだ。ホワイトデーにプレゼントしたカワウソのマグカップを掲げた自撮りをお礼のメッセージとともに送ってくれた時は不覚にもドキッとしてしまった。だから自信を持て！

「よ、吉住がそこまで言うならこれにしようかな……あと何か買ったらいい物とかあるかな？」

「楓さんにも言ったが羽織るものはあった方がいいと思う。休憩中も水着だけでいるわけにはいかないだろうし、日焼け対策もしないといけないし。俺だってシャツとか着るつもりだからな」

「言われてみればそうだね。うん、それじゃもう少し探してくるね。ありがとう、吉住！」

楓さんとは対照的に鼻歌交じりで二階堂は再び店内を物色しに行った。これで俺の役目は終わったな。大槻さんと伸二はどんな様子なのか、からかいがてらに様子を見に行くか。

「ねぇねぇシン君、これなんかどうかな？　このフリフリとか可愛いと思わない⁉　しかもオフショルダーでセクシィー、だよ！」

「う、うん。いいと思うよ？　でも秋穂には少し大人っぽ過ぎないかな？　肩を全部出すのはやめたほうがいいと思うけど……こっちのワンピースなんかどう？　可愛いと思うよ？」

「えぇ!?　いいじゃん、私だってたまには背伸びしたいんだよぉ！　あっ、ヨッシーちょうどいいところに！　ねぇねぇ、ヨッシーはこの水着どう思う？」

ずいっと接近してきた大槻さんが試着していた水着の色は鮮やかなワインレッド。ワンカラーのシンプルなフレアビキニで大人っぽさがある。そのフレアが、楓さんを凌《しの》ぐ果実をより一層ボリューミーに際立《きわだ》たせる。さらに両肩を露出させるオフショルダーのデザインなため、大槻さんの可愛らしさに大胆な色っぽさが追加されることだろう。つまり結論は――

「いいんじゃないか？　ワインレッドの色も、オフショルダーも大槻さんに似合うと思う。まぁ伸二としては心配でしょうがないと思うけどな」

「んんっ？　シン君は何を心配しているのかな？　あ、もしかして私が可愛い水着を着たらナンパされるとか思っていたりするのかにゃぁ？」

小悪魔的な笑みを浮かべながら上目遣いで伸二を見つめる大槻さん。これ以上ここにいたらヤバイと俺の本能が警告を発するが、

「そりゃ心配するに決まっているよ！　去年見ることが出来なかった秋穂の水着だよ!?

しかも普通のビキニじゃなくて大人っぽくて可愛いフリルのオフショルダー！　絶対男が寄ってくるに決まってるよ！」

「ちょ、ちょっとシン君。声が大きいよ……」

珍しく声を荒らげる伸二に大槻さんがたじろぐ。

「勇也だったらわかると思うけど、大胆な水着を恋人が着てくれるのは嬉《うれ》しいしドキドキするけど、変な虫が寄り付かないかって不安になるよね？　秋穂も一葉さんも、もちろん二階堂さんもみんな綺麗で可愛いから絶対に人だかりができるよ……僕と勇也じゃ守り切れないよぉ……」

早口で言い切り、その場に膝をつきそうな勢いでガクッと肩を落とす。こいつがここまで感情を爆発させるのは滅多にないが、その気持ちは痛いくらいわかる。

「フフッ。大丈夫ですよ、勇也君、日暮君。泊る場所はプライベートビーチになっているのでお客さんは限られていますから」

楓さんが言いながら俺達の元へやって来た。二階堂と結ちゃんもその後ろに続いている。どうやら三人とも何を買うか決めたようだ。

「一葉家所有のプライベートビーチですからね。私達以外がいたとしても変な人はいないですし、侵入しようにもミッションインポッシブルです」

結ちゃんがドヤ顔で言った。二人は家族ぐるみの付き合いだからな。何度も遊びに行っているから勝手知ったるというやつだな。

「透き通る宝石のような青い海で海水浴をみんなで楽しみましょう！　他に何かやりたいこととかありますか？」

この後。海で泳ぐ以外で沖縄を満喫するためのプランをみんなで話し合った。今年の夏はすごく賑《にぎ》やかで楽しくなりそうだ。

だがこの時の俺は知る由《よし》もなかった。楽しくなるはずの夏休みに波乱が待ち受けているなんてことを。

第10話・頑張ったご褒美《ほうび》は○○を殺すセーター

I'm gonna live with you not because my parents left me their debt but because I like you

期末テストは高校入学以来過去最高タイの学年五位という結果となり、最高の気分で夏休みを迎えることが出来た。

沖縄への旅行はお盆休みに被《かぶ》らないように8月初旬に行くことになった。まだ一週間ほど時間はあるが、ゆっくり荷造りを始めてかないとな。

「勇也《ゆうや》君が沖縄旅行を楽しみにしてくれているのは嬉しいですが、一年生最後のテストよりもいい成績を出した勇也君に何かご褒美をあげないといけませんね！」

楓《かえで》さんはまるで人を魅了する小悪魔のように微笑《ほほえ》む。こういう時は碌《ろく》なことを考えていない。

「いや、その気持ちだけで十分嬉しいから大丈夫だよ？」

「この前買った水着を先行でお披露目するというのも考えたのですが、初めてはやっぱり海がいいと思い、色々考えました」

そうですか、俺が遠慮しているというのは完全無視ですか。頑張ったご褒美をくれるというのはもちろん嬉しいが、だからといってスク水でのマッサージは勘弁してほしい。健全な男子高校生にあれは刺激が強すぎる。

「安心してください。鳥さんな勇也君のことだからそう言うだろうと思って、今回は別の物を用意しました」

えっへんとドヤ顔で胸を張る楓さん。その様子だとスク水と同等かそれ以上の何かってことですか？　それは期待を通り越して怖い。

「あのね、楓さん。ご褒美はいらないよって言っているんだけど……？」

「フフッ。ご褒美が何か発表した後で同じことを言えますか？」

楓さんに不敵な笑みを向けられて、俺の背筋から脳髄にかけてビリビリッと電流が奔《はし》った。否《いや》が応《おう》でも期待しまう。いったい何を用意したんだ、楓さん？

「勇也君も乗り気になってきましたね。それでは準備してくるので少々お待ちください」

そう言い残して楓さんはリビングを後にした。一人残された俺の心境は、百獣の王に捕捉された哀れな草食動物のそれだ。逃走してもあっけなく食べられてしまうのだ。

「落ち着け。落ち着くんだ、俺。これまでのことを思い出せ。何か仕掛けてくる時は決まってお風呂《ふろ》だったじゃないか」

バスタオル姿からの生まれたままの姿を披露された不意打ちも、スク水でマッサージをしてくれた時も、どちらもお風呂でのことだった。

でも今回は初めてのリビング。なればあの時以上に煽情《せんじょう》的な姿はないはず。そう自分に言い聞かせながら、高鳴る心臓を落ち着かせるために何度も深呼吸を繰り返す。

それから五分ほど経《た》ってガチャッと扉が開く音が鳴った。

「お待たせしました、勇也君！　これが今回のご褒美です！」

「かかか、楓さん⁉　その服はもしかして――――⁉」

「はい。これは巷《ちまた》で人気の〝童貞を殺すセーター〟です！」

暖かみのあるグレーのハイネックのニットセーター。ノースリーブで煽情的なデザインだが、この装備の真骨頂はそこではない。真に恐ろしいのは胸元に広がる大胆なO字の空間。これにより触らずともふわふわな感触が容易に想像出来る、楓さんの豊潤な果実がほとんど露出することに。

さらに丈も禁断の花園をギリギリ隠す絶妙な長さで、細くしなやかで艶のある国宝級の生足を惜しげもなく披露している。

「季節外れかもしれませんがこれ一枚だけなら涼しくてちょうどいいですね」

くるりとその場で回転したことで楓さんの穢《けが》れのない美しい背中が目に飛び込んできた。

ハラリと腰に垂れるリボンの紐《ひも》が可愛《かわい》らしさを演出している。

前から見ても後ろから見ても目のやり場がない。でも逸《そ》らすこともできず楓さんに釘付《くぎづ》けになっていた。

「聡明《そうめい》な勇也君のことですから気が付いていると思いますが、今の私は下着を身に着けていません。だからとってもスースーします」

そんな情報はいらないどころか聞きたくなかったです！　というかブラジャーを着けていないことはＯ字空間で一目瞭然だが、まさか下もなのか⁉　いくらなんでもそれはまずいよ、楓さん！

「フフッ。黙りこくってどうしたんですか、勇也君？　目もトロンとなっていますよ？」

「あぁ、いや……だって楓さんの格好があまりにも……あれだから」

雑誌のグラビアアイドルも裸足《はだし》で逃げ出す美少女が情欲を掻《か》き立てる官能的な服を着て目の前に立っていたら言葉どころか呼吸すら忘れる。

そんな俺の気も知らず、楓さんはゆっくりと近づいて来てソファに座っている俺の膝の上に首に手を回しながらちょこんと跨《また が》るように乗った。

「勇也君に喜んで欲しくて買ったんですけど、どうですか？　似合っていますか？」

「そ、それはもちろん……似合いすぎて怖いくらいだよ。おかげで俺は正気を保つのに必死です」

「そう言っていただけて嬉《うれ》しいです。ねぇ、勇也君。この童貞を殺すセーターには別の着方があることをご存じですか？」

耳元で舌なめずりをしながら甘く囁《ささや》く楓さん。別の着方がある？　それはどういう意味ですか？

「前と後ろを逆に着るんです。ばっくり空いた背中側を正面にして、大事なところはリボンの紐で隠すだけ。どうです？　より煽情的だと思いませんか？」

はむっと耳たぶを甘噛《あまが》みされて、俺は身体《からだ》をよじりながら声にならない悲鳴を上げた。同時に楓さんの言葉を頭の中で反芻《はんすう》し、イメージをする。それは限りなく裸に近いのに裸以上に艶《なま》めかしい姿。そんな格好で迫られたら――

「勇也君の中の狼《おおかみ》さんも目を覚ましてくれますか？　でも今のままでも十分そうですね。あと一押しといったところでしょうか」

逃げ場のないソファの上で、たわわな双丘を押し付けるように密着度を高めてくる。心地いい温度とむにゅっとした柔らかな感触が脳を刺激する。

「ねぇ、勇也君。我慢しないで私の果実を食べてくれていいんですよ？　柔らかいのか、甘いのか、確かめてみませんか？」

「————————！！？？」

それはまさに悪魔の誘惑だ。楓さんを大事にしないとダメだよと訴える天使を一撃で葬《ほうむ》り去る悪魔の鉄槌《てっつい》だ。

「か、楓さん……俺は……」

「それとも勇也君はあの時——温泉で出来なかった深くて甘い大人のキスの方がいいですか？　泡風呂《ぶろ》に入った時も肝心なところでのぼせて気を失ってしまいましたよね？」

数か月前の春休み。楓さんのご両親に挨拶をした旅館で、俺と楓さんは一緒に温泉に入った。そこで楓さんから大人のキスをしてみませんかと誘われたのだが、その時の楓さんがあまりにも綺麗《きれい》で妖艶《ようえん》で、不覚にも俺は気を失ってしまったのだ。まさかその時のリベンジをしようというのか？

「むしろ今だからこそ、です。それに……私だって頑張っているんですよ？　だからそのご褒美が欲しいです。ねぇ、いいですよね？」

そしてお決まりの、答えは聞いていませんと囁きながら、楓さんはゆっくりと顔を近づけてくる。その甘い誘惑を受け入れようとしたその時——

ピンポ――――ン。

めくるめく幻想郷から現実に引き戻すかのように来客を告げるチャイムが鳴った。一体誰だろう？

「ご迷惑をおかけして申し訳ありませんでした」

来客は宮本《みやもと》さんだった。しかもその手にはなぜか菓子折りがあり、開口一番謝罪の言葉を述べると深々と頭を下げた。

ちなみに楓さんはセーターから元着ていた服に着替えている。さすがにあれで応対するわけにはいかないからな。

「娘の結《ゆい》から話を聞きました。みなさんの邪魔をするようなことをしたようで……」

どうやら宮本さんは結ちゃんから俺達と一緒に沖縄旅行に行く話を聞いたそうだ。別に俺達は気にしないどころか賑やかになっていいと思ったが宮本さんは気になったらしい。

「ご学友の皆さんとの思い出作りだというのに娘ときたら空気を読まず一緒に行くと言って聞かなくて……本当に申し訳ございません」

「頭を上げてください、宮本さん。むしろ私達は結ちゃんも一緒に来てほしいと思っています。そうですよね、勇也君？」

「楓さんの言う通りですよ。迷惑どころか結ちゃんがいると場が盛り上がるのでむしろ一緒に来てほしいとこっちがお願いしたいくらいです」

「それならばよろしいのですが……普段から帰宅されるお二人と一緒に途中まで帰ってきているとも聞いており、ご迷惑をおかけしていないか心配で……」

「フフッ。大丈夫ですよ、宮本さん。一緒と言っても駅までの道のりですし、にぎやかで楽しいですから。そうですよね、勇也君？」

「楓さんの言う通りです。俺達は気にしていませんよ」

結ちゃんは楓さんにとって妹みたいな子だ。ということは俺にとっても妹のような存在と言えるだろう。

「ありがとうございます。お二人にそう言っていただけて安心しました」

「はい、安心してください。だから結ちゃんのことをあまり怒らないであげてくださいね？」

「それは……善処いたします。これ以上長居をしたら私がお二人のお邪魔になってしまいますね。夜分遅くに失礼しました」

深々と一礼して宮本さんは帰っていった。俺達にとっては気にも留めないことだったのにわざわざ菓子折りを持って謝罪に来るなんて、宮本さんの教育方針は少々厳しすぎじゃないかと俺は思った。

「仕方ないですよ。ある日突然ご両親が蒸発して借金だけが残った勇也君ほどではないですが、宮本さんも相当苦労されたそうですから」

両親が借金残して消えたことを知った時は驚きと悲しみ、そして言い知れぬ孤独を覚えた。けれどそれに囚《とら》われる前に楓さんが助けてくれたから俺は今こうして幸せに暮らすことが出来ている。

「宮本さんにとってはそれが私の祖父だったみたいです。それ以来一葉《ひとつば》家に対して宮本さんは忠義に厚いんです。だからこそ、娘の結ちゃんが迷惑をかけていると思うと居ても立ってもいられなくなったんだと思います」

気にしなくていいのに、と楓さんは苦笑いをしながら言った。そうだな。当事者である俺達は結ちゃんのことを迷惑だなんて思っていないもんな。宮本さんの杞憂《きゆう》ってやつだ。

「勇也君も同じ考えで安心しました。それに……フフッ。私も勇也君とこうして一緒に暮らせて幸せですっ！」

ぽふっと勢いよく俺の胸の中に飛び込んでくる楓さん。突然のダイブは危ないからやめてほしいと思うが、楓さんの柔らかい果実の感触と心安らぐ香りの前にそんな文句はすぐに霧散する。

「さて、気を取り直して先ほどの続きをしましょうか！　今夜こそ勇也君の牙城《がじょう》を崩してみせます！」

「うん、俺の理性君はもう正気に戻ったから。寝る準備をするよ、楓さん」

「そんなぁ！　勇也君のいけずぅ！」

閑話 ● 王子様、告白される

I'm gonna live with you not because my parents left me their debt but because I like you

夏休みになって数日が経《た》った。この日も私は朝からバスケ部の練習に精を出していた。沖縄旅行に浮かれて部活に手を抜くわけにはいかない。

熱気のこもった体育館にボールが弾む音と部員達の声が響き渡る。大会が近いこともあり、紅白戦とは思えないくらいみんな本気になっている。今年は結《ゆい》が加入したことで地区大会を突破出来るんじゃないかという期待がそうさせているのだろう。かくいう私もその一人なのだが。

「お疲れさまでしたぁ！　いやぁ今日も一日いい汗かきましたね！　しんどい練習の後に飲む炭酸は最高ですね！」

中年オヤジのようなことを言いながら結は買ってきた炭酸ジュースをプファと一気に呷《あお》る。

一日の練習を終えてもなお陽はまだ落ち切っておらず、気温もまだまだ暑い。それでも熱がこもる体育館より風を直《じか》に浴びられる分、外の方が幾分マシだった。

「あんなに汗をかいたのに二階堂《にかいどう》先輩は朝と変わらずいい匂いがしますね。秘訣《ひけつ》を教えてくれませんかね？」

「特別何かしているわけじゃないよ。使っている制汗剤だって結と同じだし。気のせいじゃないかな？」

「ハァア……二階堂先輩も楓《かえで》ねぇと同じ人種かぁ。特に何もしなくても綺麗だし、おっぱいは大きくなるし、痩せているし、おっぱいは大きくなるし。神様はなんて不平等なんだ！」

ちくしょうと悪態をついてまたジュースを呷る結。文句の半分が胸のことへの恨みというのが結らしい。私も一葉《ひとつば》さんのようになれたらよかったのに。そうしたら今頃——

「二階堂先輩、練習お疲れ様です！」

「ん？　あぁ、八坂《やさか》君。お疲れ様。どうだい、初めての夏は？　満喫している？」

どこまでも沈みそうになる私の思考を引き上げたのは結のクラスメイトの八坂君だった。人懐《ひとなつ》っこい笑顔で駆けよってくる彼の姿はまるで子犬のようだ。私にも中学生の弟がいるからつい可愛《かわい》がりたくなる。

「アハハ……満喫したいんですが最近は大会前で練習がきつくて……帰ったらバタンキュ

ーです。本当はもっと遊びに行きたいんですけどね」

「それはご愁傷様だね、八坂君。そんな私と二階堂先輩は来週から沖縄旅行でのんびり羽を伸ばしてくるよ」

秘密にしていた沖縄旅行をあっけなく結がばらした。これを聞いた八坂君は肩にかけていたカバンをボトッと落とした。顔から精気が消えているけど大丈夫？

「なぁ、宮本《みやもと》さん。今、二階堂先輩と沖縄旅行に行くって言ったよな？　それはつまりあれか、二階堂先輩が水着を着るってことか？」

「八坂君の想像通り、二階堂先輩だけじゃなくて楓ねぇや大槻《おおつき》先輩、もちろん私も水着になるよ！　どうだ、羨ましかろう？」

「いや、宮本さんの水着はいいや」

「誰が寸胴体形だってこの野郎」

そんなことは一言も言っていないのに理不尽にも結のカバンアタックを顔面に受ける八坂君。だが彼にとってそんな痛みは蚊に刺された程度のことだったようで、鼻息を荒くしながら結の手を掴《つか》むと、

「一生のお願いだ、宮本さん。いや、宮本結様。二階堂先輩の水着写真を撮ってきてください！　何卒《なにとぞ》お願い致します」

ちょっと、八坂君。そういうのは本人を前にしたら意味ないと思うよ？　未《いま》だに吉住《よしずみ》の前で水着を着るのが恥ずかしくてどうしようかって悩んでいるのに、写真に撮られてそれが第三者の手に渡るのは正直勘弁してほしい。

「まったく。そこが八坂君のダメなところだよ。写真を欲しがるんじゃなくて二階堂先輩をプールに誘うとか海に誘うとか、夏祭りに誘うとか、色々あるでしょうに」

「ちょっと待って、結。どうして八坂君が私を誘うの？　私なんかを誘っても……」

「そうだよな……言われてみれば宮本さんの言う通りだ！　写真で拝むより実物を見た方がいいに決まっている！」

八坂君は〝盲点だった〟みたいな顔をしているが、私を誘うくらいならそれこそ結やクラスメイトと行った方が楽しいと思うけど。

「違います。海とか夏祭りに行くとか……誰かと一緒にどこかに行くなら、俺は他の誰でもない、二階堂先輩と一緒に行きたいんです！」

八坂君が顔を真っ赤にしながらもしかし真《ま》っ直《す》ぐな瞳を私に向けてそう言った。だからどうして私と一緒に行きたいの？

「フフッ。私はお邪魔虫みたいなので失礼します。お二人はごゆっくり」

「あ、ちょっと結――――あぁ……もう。逃げ足が早いんだから」

そう言い残して、結は風となって走り去ってしまった。ため息をつきながら、恐る恐る八坂君に目を向けると彼は真剣な面持ちを崩していなかった。

「二階堂先輩……前にも言いましたよね？　俺が明和台《めいわだい》高校を選んだのはあなたに憧れたからだって」

そう言えばそんなことを言っていた。あの時はどうして私に憧れたのかを八坂君が話そうとしたときに結が来たから聴けなかった。

「確か学校見学に来た時に試合をしているところを見たんだよね？」

「はい。でも俺が憧れたのは試合後の二階堂先輩の姿です。その試合で明和台高校は完敗だったんです。他のみなさんは〝よく頑張ったよね〟と笑顔だったのに、二階堂先輩、あなただけが悔しそうに唇を噛《か》みしめていたんです」

八坂君が見たという試合は私にとっても思い出深い一戦だ。いや、どちらかと言えばこの試合の後の出来事の方が思い出として深く心に刻まれているが。

「誰もが敗北を受け入れている中、一人だけ悔しそうにしているその姿がとても儚《はかな》げで、でもすごくカッコよくて……一目惚《ひとめぼ》れでした」

「――――えっ？」

今彼はなんて言った？　一目惚れだって？　私が聞き返そうとするよりも早く、彼はサラリと言葉を紡《つむ》いだ。

「だから俺、入学する前から二階堂先輩が好きだったんです」

夕陽《ゆうひ》を背に、柔和《にゅうわ》な笑みを口元に湛《たた》えながらも真剣な眼差《まなざ》しで八坂君は言った。あまりにも唐突な告白に私は心身ともにフリーズする。

「や、八坂君……私は……」

「そういうわけなんで、夏休みどこか遊びに行けたら嬉《うれ》しいです！　それじゃ、二階堂先輩。今日も一日お疲れさまでした！」

そう言い残して、八坂君は疾風《はやて》のごとく私の前から走り去った。一人取り残された私は茫然《ぼうぜん》としながらその背中を見送った。

第11話・沖縄旅行

I'm gonna live with you not because my parents left me their debt but because I like you

朝一番の飛行機に揺られること2時間30分弱。俺達六人は常夏《とこなつ》の都、沖縄に降り立った。空の旅が初めてなら沖縄に来るのも初めてな俺にとって目に映るものすべてが新鮮で、テンションはすでにクライマックスだ。

「もう、勇也《ゆうや》君ったら。まだ着いただけなのにはしゃぎすぎですよ？　そんな調子じゃ体力がもちませんよ？」

「一葉《ひとつば》さんの言う通りだよ、吉住《よしずみ》。楽しいのはわかるけど少しは落ち着こうね？」

苦笑いを浮かべる楓《かえで》さんと呆《あき》れた口調で諭してくる二階堂《にかいどう》。わかっているけど仕方ないじゃないか。クソッタレな父さんのせいで生まれて今日まで旅行なんてものに縁がなかったんだ。

それにしても、今日の二人の服装は対照的だな。

楓さんはハイウェストのショートパンツにフリルがあしらわれたタンクトップ。シアーシャツワンピースを羽織っている。フェミニンなコーデだが、ワンピースから透けて見える素肌が艶《つや》やかで目を奪われる。

対する二階堂はオフショルダーのトップスとスキニーなデニムパンツの組み合わせ。ぴっちりしたパンツはバスケで鍛えられた二階堂の脚線を美しく際立《きわだ》たせ、二階堂らしからぬ大胆な肌見せは不覚にもドキッとしてしまう。

「俺は大丈夫だよ。むしろ俺以上にはしゃいでいる奴《やつ》があそこにいるだろう?」

言いながら俺が指差した先には明和台《めいわだい》が誇るバカップルが楽しそうに話していた。

「シン君、シン君! 沖縄と言えば何かな!? お母さんに聞いたら水族館には行ってきなさいって言われたんだよね! あとはカップルで見ると幸せになれるって有名なハートロックとか!」

「フフフ。今から行くのが楽しみだね、秋穂《あきほ》。でも少し落ち着こうか?」

ふんすと鼻息を荒くしてこれからの予定に思いを馳《は》せる大槻《おおつき》さんと笑顔で窘《たしな》める伸二《しんじ》。

落ち着ている風を装《よそお》っているが、口元はしっかり緩んでいるので本当ははしゃぎたいのを我慢しているのがバレバレだ。

「な? あの二人のそれに比べたら俺なんて可愛いもんだろう?」

「あぁ……うん、そうだね。あの二人に比べたらまだマシだね」

まだどころか結構マシだと思うんだけどな。それより結《ゆい》ちゃんはどうした？　荷物を受け取るところまでは一緒にいたはずなんだがどこにも見当たらない。もしかして迷子にでもなったのか？

「大丈夫ですよ、勇也君。結ちゃんには迎えを呼びに行ってもらったんです。あ、ちょうど来たみたいです。あの車です！」

楓さんが指差した先に見えたのは光沢のある大型の高級ミニバン。車に詳しくない俺でもＣＭで名前くらいは知っている純国産車で、結ちゃんも含めた六人で移動するのにあれくらい大きくないと狭くて大変だな。

「待たせたわね、楓さん」

車から静かに降りてきたのはサングラスをかけた、結ちゃんと同じ煌《きら》めく金髪を腰まで伸ばした妙齢の美女。すらりと伸びた手足に柳のようにしなやかな腰つき。楓さんや大槻さんを凌《しの》ぐ果実を携えた英国の貴婦人。楓さんのお母さんの桜子《さくらこ》さんが纏《まと》っている雰囲気とは違う、気品に溢《あふ》れる人だ。この人が結ちゃんのお母さん？　俺の母さんとは大違いだ。

「初めまして。娘がいつも大変お世話になっています。結の母の宮本《みやもと》メアリーです。今日からの沖縄旅行の案内役を務めさせていただきますので、どうぞよろしくお願いします」

そう言って一礼する姿さえも様になっており、俺や二階堂、大槻さんと伸二の四人も思わず頭を下げた。王妃に対して頭が高い、って言葉が脳内に響いたのは俺だけではないはずだ。そんな俺達を見て楓さんはフフッと笑い、結ちゃんはどこか不満そうだ。

「むぅ……ママと初めて会う人はみんな同じことをするんですもん。私だってママの血が半分流れているのに対応が違いすぎませんか⁉」

頰をぷくりと膨らませながら地団駄を踏んで抗議する結ちゃん。あぁ、うん。そういうところがいけないんだと思うよ？

「結ちゃんのそういうところ、可愛《かわい》くて私は好きですよ？」

「え、本当⁉　えへへ……楓ねぇが好きって言ってくれるならまぁいっか！」

「ほら、結。楓さんに甘えてないで皆さんを車へ案内してちょうだい。荷物は後ろのトランクに入れるのでこちらへ」

メアリーさんに何から何までお世話になるわけにはいかないので俺は楓さんと二階堂の荷物を預かって積み込みに向かう。これから運転を含めて色々お世話になることを考えれば自分達でできることは極力やらないと。

メアリーさんは私の仕事ですから、と言って伸二から大槻さんの分の荷物を奪い取り、みんなを車へ乗るように促した。

「吉住勇也さん、と言ったかしら？　高校生なのにしっかりしているのね」

楓さんから預かった荷物を入れていると、隣で大槻さんのカバンを積み込んでいたメアリーさんが話しかけてきた。それにしてもメアリーさんは本当に日本語が上手だな。

「あぁ、私が日本語を話せるのは人生の半分近くを日本で暮らしているからよ。桜子や一《かず》宏《ひろ》さんとは大学生の頃からの付き合いなの」

俺の疑問にメアリーさんは苦笑いをしながら答えてくれた。荷物を積み込みながらメアリーさんは話を続けた。

「桜子から話を聞いた時はついに親バカもここまでいったかと不安になったのだけれど、楓さんと一緒になるのを認めた理由がなんとなくわかったわ」

「はい？」

「フフッ。独り言だから気にしないで頂戴ね。それでもあえて言わせてもらうなら、今あなたがやっていることは誰にでも出来ることじゃないってこと」

バタンッ、とトランクの扉を閉めながらメアリーさんは笑みを浮かべて言った。

「さぁ、勇也さんも早く車に乗って。急がないと混雑して大変になってしまいますからね」

時刻はまだ10時を過ぎたところだが、それでも急がないとダメな場所に行くんですか？

「これから行くのは沖縄で最も有名で人気の水族館よ。本来なら開館と同時に行かないといけない場所なのよ？」

＊＊＊＊＊

メアリーさんの運転でまず俺達がやって来たのは沖縄が世界に誇る水族館だ。一時は世界最大級としてギネスにも認定されたアクリルパネルの水槽があり、広大な敷地《しきち》には水族館だけでなくイルカショーを楽しめる施設もある。また人魚伝説のモデルにもなったマナティーやウミガメ館など、一日いても楽しめる場所となっている。

「わぁぁ！　見てください、勇也君！　すっごく大きなジンベイザメですよ！　あっちで泳いでいるのはマンタですかね⁉」

きゃぁぁと大勢の子供に混じって楽しそうにはしゃぐ楓さんの後を俺はゆっくりと追いかける。薄暗い館内を走り回ったら危ないって何度も言っているのに聞く耳を持ってくれない。

「楓ねぇはここの水族館が大好きですからね。毎年来て、毎年あんな感じではしゃいでいますから」

結ちゃんが苦笑いしながら教えてくれた。楓さんの意外な一面をまた一つ知ることが出来た。帰ったら水族館デートを計画するのもいいかもしれない。

「でも一葉さんの気持ちもわかるよ。これは圧巻だよ。感動的ですらある」

二階堂もまた、他では決して見ることの出来ない巨大なアクリルパネルの中で泳ぐ魚達に魅入っていた。ちなみにこの場に伸二と大槻さんの二人はいない。あのバカップルはウミガメを見に行っている。

「吉住先輩、私は早くイルカショーを観《み》に行きたいので楓ねぇと二階堂先輩を連れて来てくれませんか？　イルカと触れ合えるのを楽しみにしていたんですよぉ」

グイグイッと袖を引っ張って訴えてくる結ちゃん。その意見に賛成だ。イルカショーを俺は観たことないのでパンフレットを入り口で貰《もら》った時から気になっていたのだ。付け加えて言うなら、伸二達と合流する場所と時間はイルカショーの開演に合わせてある。だからそろそろ動き始めなければ間に合わなくなるのだが、問題はあの二人をどうやって連れて来るかだな。

「大丈夫です！　楓ねぇは吉住先輩が手を引いてあげればすぐです！　二階堂先輩は私が

サルベージしておきますので！　それじゃ頼みましたよ！」

私のイルカショーの為《ため》に！　と結ちゃんは突き飛ばすように俺の背中を押した。まったく、乱暴なんだから。

さて。瞳を輝かせながらアクリルパネルにかぶりついている楓さんを早いとこ説得しないとな。

「楓さん、そろそろイルカショーの時間だから移動するよ？」

「大丈夫ですよ、勇也君。全力ダッシュで向かえばまだいけます。なので私と一緒にもう少しここにいましょう！」

さぁここに座ってください、と腕を引っ張る楓さん。うん、さすがに周りにいる小さなお子さん達に迷惑だからね？　あとこの施設に何度も来ているなら知っていると思うけど全力ダッシュしたくらいじゃ到底イルカショーの開始時間には間に合わないからね？

「ほら行くよ、楓さん。大槻さんや伸二と合流しないといけないんだし、何よりメアリーさんに迷惑かけることになるんだから」

俺達がこうして自由に施設を見て回っている間、メアリーさんは俺達がイルカショーをベストな場所で観るための場所取りをしてくれている。その厚意を無下にするわけにはいかないだろう？

「うぅ……名残惜しいですが撤収です。メアリーさんに迷惑をかけたことがお母さんに知られたら怒られちゃいますし」

しょぼんと肩を落として俺の腕に組み着いてくる楓さん。そう言えばメアリーさんも楓さんのお母さんのことを〝桜子〟って呼び捨てにしていたな。

「私のお母さんとメアリーさんは大学生の頃からの親友なんですよ」

「桜子さんとメアリーさんが同じ大学に通っているって……想像しただけでも色々大変そうだな」

「フフッ。勇也君の想像通りです。毎日のように告白されていたとか、文化祭のミスコンでは四年連続同票で決着がつかなかったとか色々です。その大学では二人は今も語り草になっているそうです」

決死の思いで告白したのにバッサリと斬って捨てられる男子の姿が目に浮かぶ。でもそんな二人を射止めた楓さんのお父さんと宮本さんは凄《すご》いな。

「なかなか話してくれませんが、宮本さんとメアリーさんは大恋愛だったとお母さんが言っていました。二人の馴《な》れ初《そ》め、いつか聞けたらいいですね」

「そうだね。宮本さんのプロポーズの言葉がどんなのだったか興味あるな」

今後の参考にもなるし、と俺は心の中で呟《つぶや》いた。楓さんがニヤニヤと何か言いたそうな顔をしているが俺はあえて気付かないフリをした。やばい、頬が熱くなってきた。

「楓ねぇ！　吉住先輩！　何しているんですかぁ!?　早く行きますよぉ！　というかイチャイチャしないでもらえませんかねっ!?」

結ちゃんに呼ばれて俺達は慌てて走り出した。彼女の隣に二階堂がいることを見ると無事に回収出来たみたいだな。というか大きな声で名前を叫んだらダメだよ？　それと別にイチャイチャもしてないからね？

「あ、そういうボケは結構なんで。そんなことよりサクサク移動しますよ！　イルカショーに遅れたら吉住先輩のせいですからね！」

＊＊＊＊＊

四人でダッシュした甲斐《かい》もありイルカショーの開演にギリギリ間に合った。お土産コーナーを前にして足を止めそうになった楓さんと二階堂の手を引っ張って正解だったな。

両手に花ですね、と結ちゃんがからかってきたがそんなことを気にする余裕はなかった。

先について待っていた大槻さんに言われて初めて気が付いたくらいだ。楓さんはえへへと笑い、二階堂は頬を赤くしていた。

「すごかったね、イルカショー！　芸は細かいし息ぴったりジャンプ！　それにキューキューみんなで合唱するのも可愛かったなぁ」

意外なことにイルカショーを一番楽しんでいたのは二階堂だった。水族館を後にした俺達は次の目的地に向かって車で移動しているのだが、いまだ興奮冷めやらぬといった様子で俺の袖をぐいぐいと摑《つか》んで一人で盛り上がっている。

「帰ったら別の水族館のイルカショーを観に行きたいね！　確かカッパを着ないと服がびしょ濡《ぬ》れになるくらい派手なやつもあるよね？」

「二階堂先輩、それはイルカじゃなくてシャチのパフォーマンスです。イルカより巨体なのでジャンプとかド迫力ですよ」

結ちゃんの話に目を輝かせて聞き入る二階堂。俺としてはイルカもいいけどペンギンとかも観てみたいけどな。ヨチヨチ歩く姿なんか特に可愛いじゃないか。

「フフッ。なら残りの夏休みでペンギンさんも観に行きましょうね。あ、勇也君！　窓の外を見てください。すごい綺麗《きれい》ですよ！」

楓さんに促されて俺は窓の向こうに目をやった。そこに広がっていたのはまさしく絶景。

だった。メアリーさん曰《いわ》く、現地の人も絶賛するほど透明度が非常に高く、宝石のように美しいエメラルドグリーンの海の上を俺達の車は走っていた。うっすら小さく見える島が目的地か？

「今向かっているのは全国からカップルが集まる有名なスポットよ。別名恋の島なんて呼ばれているわ」

「あっ、それじゃあの島にあるんですね！　ハートの形をした岩が！」

メアリーさんの説明を聞いて大槻さんが食いついた。そう言えば空港に到着した時に大槻さんが行きたい場所の一つに挙げていたな。

「ねぇ、ママ。恋人のいない私や二階堂先輩はどうすればいいの？　楓ねぇと吉住先輩だけでも持て余すのに全国から集まったカップルを見ろっていうの？」

殺す気⁉　とぼやく結ちゃん。二階堂も苦笑いを浮かべる。

「何を言っているの、結。恋の島って言ったでしょう？　カップルの聖地ではあるけれど同時に恋愛成就《じょうじゅ》のパワースポットでもあるのよ？　あなたにいるかは知らないけれど、好きな人がいるならしっかりお願いすれば叶《かな》うかもしれないわよ？」

メアリーさんのこの言葉を聞いておぉ！　と声を上げる結ちゃん。しかし二階堂の表情はいまだ曇ったまま。

そうこうしているうちに橋を渡り切り、島を周回してハートロックがあるビーチへと向かう。

「二階堂先輩、まさかと思いますが〝私はパス〟なんて言いませんよね!? 一緒に行きますよ! 独り身同士、神様にお願いしに行きましょう!」

「ちょ、ちょっと結。危ないから腕を引っ張らないで? 行くから、私もちゃんとお願いしに行くから走らないで!」

駐車場からビーチまでは歩いて向かうのだが、そこまでの道のりは舗装されておらず少し険しくなっていたので転ばないように楓さんの手をしっかり握る。普段なら大槻さんにからかわれるところだが、彼女も伸二と固く手を繋《つな》いでいるのでそれどころではないようだ。

歩くこと5分弱。たどり着いた先にあったのは車から見た青い海と周りを天然の岩に囲われた小さなビーチ。晴れ渡る空の下、多くの人々が集まり思い思いに写真を撮っているのがかの有名なハート形の二つ岩。

「見てください、勇也君! 本当にハートの形をしているんですね! 今なら潮が引いているので触れそうですよ!」

「え、楓さん? もしかして触りに行くつもり!?」

楓さんは履いていた靴と靴下を脱いで躊躇《ためら》うことなく海の中へ足を入れる。俺も慌てて靴を脱ぎ、濡れないようにズボンの裾をまくってから後に続く。

「ひんやり冷たくて気持ちいいですね。ほら、勇也君も早く来てください。一緒に岩に触りましょう。たくさん幸せパワーをもらいましょう！」

そう言いながら楓さんは俺の手を取って一緒に岩に触れる。

「二人とも。写真撮るからこっち向いてくれるかしら？」

メアリーさんがどこからともなく取り出したカメラを構えながら声をかけてきたので、俺と楓さんは手を重ねたままそちらに顔を向ける。視線の先には大槻さんと伸二がニヤニヤしており、二階堂と結ちゃんは神妙な顔で何やら話し込んでいる。何を企《たくら》んでいるんだ、結ちゃん？

「それじゃ撮るわよ。二人とも、１＋１の答えは？」

「にぃ――――！」

メアリーさんが顔に似合わない古典的な掛け声をしてくるものだから俺は答えるよりも驚きの方が大きくて反応が遅れてしまった。すると楓さんが笑顔から一転してむくれ顔になる。うん、その拗《す》ね顔はいつ見ても可愛《かわい》いなぁ。

「もう、どうして一緒に〝にぃ〟って言ってくれないんですかぁ⁉　でも頭を撫《な》でてくれるのは嬉《うれ》しいですけど！」

　そう言ってもっと撫でてと頭を摺《す》り寄せて甘えてくる楓さん。もう、沖縄に来ても変わらないんだから。

「……結。勇也さんと一緒にいると楓さんはいつもあんな感じなのかしら？」

「残念ながらそうだよ、ママ。家で何度も話したと思うけど、吉住先輩と一緒にいる楓ねぇはいつもあんな感じでポンコツだよ。可愛いんだけど砂糖を全方位にばら撒《ま》くから私達は大変だよ……」

「あら、いいじゃない。私も若いころは学《まなぶ》さんといつもあんな感じだったわよ？」

　宮本さんの名前が学さんということを初めて知ったし、あの老紳士な宮本さんがメアリーさんとどんな風にイチャイチャしていたのかすごく気になる。ついでに言えば結ちゃんが俺と楓さんのことをなんて話しているのかも。

「ほらほら、勇也さん。楓さんの腰に腕を回してもっとくっつきなさい」

「ほらほら、勇也君。カメラマンさんからの指示は絶対ですよ？　それにいつまでも私達で独占するわけにはいかないので早く撮っちゃいますよ！」

　ぐいぐいと身体《からだ》を寄せてくる楓さんを煽《あお》るように〝もっと密着しなさい！〟と叱咤《しった》してくるメアリーさん。結ちゃんは見てられないと言わんばかりに肩をすくめて二階堂と一緒に浜辺の散策に行ってしまった。

　俺は諦めて覚悟を決めて楓さんの柔腰に腕を回して抱きしめる。至近距離で楓さんと見つめ合うのはいつまで経《た》っても恥ずかしいな。

「いいわよ、二人とも。もう一度視線をこっちに頂戴。それじゃ行くわよ。はい、チーズ」

　金髪美女のメアリーさんが昔ながらの掛け声をするので、そのギャップに思わず笑みが零《こぼ》れる。その瞬間にパシャリとシャッターが切られた。

「うん。二人ともいい顔をしているわね。あとでデータをあげるわね」

「ありがとうございます、メアリーさん！　フフッ。この写真は写真たてに入れて玄関に飾ってあのお家《うち》を思い出で埋めていきましょうね！」

「うん、夏の思い出をたくさん作ろうね。でも恥ずかしいからそろそろ離れてくれたら嬉しいかな？」

　嫌ですぅと叫びながら腰にしがみついてくる楓さん。どうにかして離れてもらおうと抵抗するが、吸盤でもあるかのようにがっちりホールドされて引き剝がせない。そしておしくらまんじゅうを海の上でやっているとどうなるかは火を見るよりも明らかで――――

「――――うわぁっ⁉」

ブした。

バシャンッ！　と水しぶきを上げながら俺は楓さんを胸に抱いたまま背中から海へダイ
「ゆ、勇也君⁉　大丈夫ですか⁉」

「それはこっちの台詞《せりふ》だよ、楓さん。大丈夫？　服とか濡れてない？」

ゆっくりと立ち上がりながら尋ねた。下着まで完全に濡れてしまったがこの日差しと気温ならすぐに乾くだろう。むしろ暑いからちょうどいいくらいだ。

「勇也君のおかげで私は大丈夫ですが……怪我《けが》はないですか⁉」

「うん、特に痛いところはないから大丈夫。でも危ないからもう暴れないでね？」

言いながらポンポンと頭を撫でると楓さんはしゅんとなって借りてきた猫のように大人しくなった。別に怒っているわけじゃないし、むしろ楓さんに何もなくて俺は安心しているんだけどなぁ。

「うわっ⁉　吉住先輩、ちょっと見ていない間にびしょ濡れじゃないですか⁉　海に入るのは明日ですよぉ？　フライングですか？」

いつの間にかそばに来ていた結ちゃんが呆《あき》れの混じった驚きの声を上げた。まぁさっきまで普通だったのに全身濡れていたらそういう反応になるよね。

「まったく……キミは何をしているんだい？　ほら、これで顔拭きなよ」

「あ、あぁ。悪いな。ありがとう、二階堂」

肩をすくめながら二階堂はハンカチを差し出してくれた。可愛いカワウソが刺繍《ししゅう》されたハンカチをありがたく受け取って顔を拭いているとふとした疑問が浮かんだ。二人は今までどこで何をしていたんだ？

「べ、別に何もないよ？　ただ結と散歩しながら明日の海水浴が楽しみだねって話をしていただけだよ！」

「……二階堂先輩ってこんなにわかりやすい人でしたっけ？」

ぶっきらぼうに言って、フンと鼻を鳴らして顔を逸《そ》らす二階堂を見てぽつりと結ちゃんが意味深な呟《つぶや》きをする。やっぱり何か企んでいるんだな？

「安心してください、吉住先輩。すべては明日わかることですが、決して悪いことではないので。むしろ吉住先輩にとっては間違いなく良いことですから！」

「うん。楓さんの〝大丈夫です〟と同じくらい安心出来ない言葉だね、それ」

「ちょっと勇也君、それは聞き捨てならないんですけど⁉」

自分の胸に手を当てて考えてみてください。だって楓さんの大丈夫が大丈夫だった例しはないじゃないですか。

閑話 ● 頭を抱える王子様

I'm gonna live with you not because my parents left me their debt but because I like you

夜。私はベランダに一人立って夜空を眺めていた。沖縄の空はとても澄んでいて、都会では決して見ることの出来ない天然のプラネタリウムが一面に広がっている。海に浮かぶ黄金に輝く月も幻想的でまるでおとぎの国に来たみたいな気分になる。

ハートロックを見終えた私達は一葉《ひとつば》さんが所有している別荘に移動した。

到着した時には南国ということもあってまだ明るかったが、時刻としてはすでに夕方過ぎ。加えて朝早くからの長旅と観光で自分達が思っている以上に疲れが溜《た》まっていたようでベッドに横になった瞬間睡魔が襲ってきた。

重たい身体にムチをうち、メアリーさんとその旦那さん——白髪の紳士で名前を宮本《みやもと》学《まなぶ》さんといい、別荘で合流した——が作る料理をみんなで囲んだ。吉住《よしずみ》が当たり前のように配膳を手伝っていたのが印象的だった。

部屋割りは公平にじゃんけんで決めたのだが、ここでひと悶着《もんちゃく》が起きた。当然と言えば当然だが、一葉さんが吉住と一緒の部屋がいいですと言い始め、それなら私も！　と秋《あき》穂《ほ》も日暮《ひぐれ》と一緒がいいと主張した。秋穂に関しては完全な悪ノリで冗談なのはわかっていたが、一葉さんは至って真面目だった。

さすがに高校生の男女が一緒の部屋で過ごすのはよろしくないということで吉住と日暮のペアは確定で、私達女性陣はじゃんけんで決めた。結果、私は結《ゆい》とペアになった。その結は夕食を食べ終えたらすぐにベッドに横になって夢の中へ旅立ち、私はすることがなくて手持ち無沙汰となってしまった。だからといって一葉さんと秋穂の部屋に遊びに行くのもなんだか気が引けたので、こうして一人で空を眺めて感傷に浸っている。

「いよいよ明日は海か……」

独《ひと》り言《ご》ちながら、私は不安な気持ちに押しつぶされそうになっていた。

選んだ水着は我ながら可愛いと思う。念のため購入後に母さんにも見せたら〝大丈夫よ、哀《あい》ちゃん。これならきっと吉住君も喜んでくれるわ！〟とお墨付きをもらったくらいだ。

「いやいや！　別に吉住に喜んでもらいたいわけじゃないんだからね⁉」

自分で自分にツッコミを入れながら私はぶんぶんと首を振って邪念を追い払う。吉住が見たいのは一葉さんの水着姿であって私の水着姿ではない。可愛いって言ってくれたら嬉しいけれど高望みをするのはよくない。

そんなことより考えなければいけないのは結から授けられた作戦のことだ。あれを実行することに賛成したとはいえ、今思えば早まったと思う。というかそれ以外にも恋の島での散歩の時に、結に色々話をし過ぎたかもしれない。

回想始め

「二階堂《にかいどう》先輩、明日の海水浴で吉住先輩にアピールするのはどうですか？　私にいい考えがあるんですが……聞きますか？」

それは悪魔の誘惑だった。秋穂だけでなく結にも私が吉住のことを好きだということを見抜かれており、それを見越しての提案だった。でも結にとって一葉さんは親しい姉のような存在のはず。その彼氏である吉住に私が迫るのはいいのか？

「そりゃもちろん私は楓《かえで》ねぇの味方ですよ？　でも同じくらい二階堂先輩も好きなんですよ。特に吉住先輩のことになると恋するポンコツ乙女になるところとか超好きです！　だから応援します！」

拳を握って力説する結に誰が恋するポンコツ乙女だとツッコミたかったが、私は吉住の前ではお姫様でありたいと思ってしまうので何も言い返すことが出来なかった。

「夏の海で定番のおねだりをするんです！　まぁ楓ねぇも考えていることだと思いますし、なんなら断る吉住先輩に強引にやってもらうところまでが確定された未来です」

未来視には予測と測定があるとかないとか聞いたことがあるが、このネタについて話したところでわかってくれるのはきっと吉住だけだから何も言わない。そんなことより大事なのは一葉さんも画策しているというおねだりの中身だ。

結から作戦の話を聞いたとき、私は唖然《あぜん》とした。いや、いくらなんでも恥ずかしすぎる。そんなことを吉住にお願いするなんてできない。出来るはずがない。

「いいですか、これは二階堂先輩がやるからこそ破壊力があるんです。私の計算が正しければ高確率で吉住先輩を一撃で倒すことが出来ます」

だからといってそれは攻めすぎじゃないだろうか？　むしろそこまでしたら吉住に私の想《おも》いが気付かれてしまうのではないか？

「大丈夫ですよ！　もしもの時は〝海には女を大胆にさせる魔力があるんだよ、吉住〟って言えばきっと納得してくれますから！　多分、おそらく、maybe！」

「うん、その台詞はたまに一葉さんから聞くけど、その時ってだいたい大丈夫じゃないよね？」

私の至極まっとうな問いに結は誤魔化すようにニャハハと笑った。本当に姉妹みたいだな、結と一葉さんは。

「作戦遂行中の楓ねぇの相手は私に任せてください。それとなく誘ってお二人の元から引き剝がしますから。沖縄の思い出を作ってくださいね！」

「できればもう少し普通な感じが良かったんだけど……」

「そういうことなら夏祭りに誘えばいいじゃないですか？　なんならみんなで一緒に花火を観に行くのはどうですか？　浴衣《ゆかた》の魔力も海並みにありますからね！」

この旅行から帰ったらすぐに夏祭りが開かれる。去年も吉住を含めたクラスメイトのみんなで行った大きなお祭りで、大規模な花火大会が最大の目玉だ。吉住と二人して大小さまざまな色鮮やかな花円に呼吸を忘れるくらい魅入ったなぁ。

「んぅ……そんな顔が出来るのにどうして本当に二階堂先輩は吉住先輩と付き合っていないんですか？　明和台《めいわだい》高校の七不思議の一つですよ、これ」

「秋穂にも言われたよ、それ。まぁ簡単に言うと私がヘタレだったたって話。その点彼は——八坂《やさか》君はすごいね」

沖縄旅行に来る直前、私は一年生の八坂君に告白された。気張った様子もなく、ごく自然体で〝好きです〟と伝えられた。私が一年以上出来ていないことを彼はあっさりとやってのけた。

告白から旅行までの数日間、彼と顔を合わせることは何度かあったが何事もなかったように振舞われてしまい、結局答えを告げずに今に至っている。

「こう言ったら失礼ですけど、お試しで付き合ってみようとか思わなかったんですか？　中学生の頃や今もですけど、周りにそういう子は何人かいますよ？」

「そうだね。もしかしたらそれが普通なのかもしれない。でもね、結。私には無理なんだよ。軽い気持ちで付き合うことは私に出来ない」

八坂君は何でもない風にサラッと告白してきたが、〝好きです〟と言った瞬間の彼の瞳に嘘《うそ》はなく真剣そのものだった。今の関係が壊れることが怖くて最後の一歩を踏み出せずにいた私とは大違いだ。

「言われたときはもちろん驚いたし、正直言えば嬉《うれ》しかった。不思議と嫌な気持ちはしなかったよ。でも……彼には申し訳ないけど瞳を閉じた時に一番最初に思い浮かぶ顔は八坂君じゃなくて吉住なんだ」

私は苦笑しながら言った。球技大会の時に〝頑張れ、哀〟と吉住に言ってもらってから彼への気持ちは一層強くなった。

「でも八坂君からの告白で勇気をもらったよ。私もこのままってわけにはいかないなって。だから……頑張ってみるよ」

「その意気ですよ、二階堂先輩！　微力ながら私も応援します！　明日の海、頑張ってくださいね！」

回想終わり

「どうしてあの時〝私だってやってやる！〟って息巻いちゃったんだろう」

私は自嘲しながらもう何度目かわからないため息をつく。この会話の直後、吉住が一葉さんを抱えて海へダイブした。怪我《けが》はなさそうで一安心しつつ持っていたハンカチを手渡した。思えばあの時はぶっきらぼうに言い過ぎた。むしろ渡すんじゃなくて私が彼の顔を拭いてあげればよかったかな？

「そんなことをしたら一葉さんが怒っちゃうかな。明日のことを知られたらもっと怒るかも。でも……結の言葉を借りるなら海の魔力には抗《あらが》えないよね」

フフッと思わず笑いが零《こぼ》れる。不安な気持ちはどこかに消え去り、何だか明日が楽しみになってきた。一葉さんは吉住の彼女だからイチャイチャするのは特権ではあるが、私だってもっと吉住にかまってもらいたい。

「うん……明日は頑張ってみよう」

翌朝に向けて英気を養うため、私は部屋の中へと戻った。ベッドでは黙っていれば美少女な結がスヤスヤと幸せそうな顔をして寝息を立てていた。

「むにゃむにゃ……えへへ……楓ねぇと一緒にお風呂《ふろ》に入るのは私ですぅ……吉住先輩は二階堂先輩と混浴してくださぁい……むにゃむにゃ」

「フフッ。いったいどんな夢を見ているんだか。楽しそうで何よりだけど、吉住に水着を見せるだけでも恥ずかしいのに一緒にお風呂はハードルが高すぎるよ」

絹のように滑らかな金髪を優しく撫《な》でながら私は苦笑する。もし吉住と一緒にお風呂に入ることになったら水着は絶対に着用でないと恥ずかしくてとてもじゃないが無理だ。

「あっ、バスタオル一枚だけつけて、その下には水着を着ているだろうって油断している吉住を驚かすのはあり……いや、なしだな」

お約束を自ら破る人はいないだろう。アホなこと考えてないで寝る準備をしないと。

第12話 ● 海とサンオイルと水遊びと

翌朝も快晴に恵まれて、俺達は無事沖縄のホワイトサンドの上に立つことが出来た。一葉《ひとつば》家の所有する別荘の目の前に広がるプライベートビーチは俺達以外には人はおらず、最早《もはや》貸し切り状態だ。お盆の時期になるとこうはいかないみたいだから運が良かった。

俺と伸二《しんじ》は宮本《みやもと》さんと一緒に砂浜にビーチパラソルを差したりシートを敷いたりと準備をする。その間にメアリーさん以下女性陣は水着に着替えておめかしをしている。結局楓《かえで》さんはどんな水着を買ったのか今日まで教えてくれなかったからな。

「さぁさぁ！　何して遊ぼうか⁉　ビーチバレー？　スイカ割り？　それともヨッシーを砂に埋める⁉」

女性陣の中で先陣を切ってビーチにやって来たのは大槻《おおつき》さんだった。一晩ぐっすり眠ったことで元気をフルチャージしたようで、すでに浮輪を装着していた。それにしても開口一番物騒なことを口にしたな。俺を砂浜に埋めるって正気の沙汰じゃないぞ？

そんな大槻さんの水着は可愛《かわい》らしいフレアビキニ。白い肌にワインレッドの水着がよく栄えており、楓さんを凌《しの》ぐ暴力的な双丘の自己主張が大変なことになっている。大槻さんは明和台《めいわだい》高校内では最高峰の合法ロリと言われているがこれでは違法だ。違法なまでの胸囲の格差だ。

「もう……秋穂《あきほ》。そういうのはもう少し後になってからだよ。まずは海に入って遊ぼうよ」

伸二の発言はフォローしているようでしていない。後になってから結局やるのかよ。それならビーチフラッグでどっちが埋められるか決めようぜ？

「あ、それいいね。あとでやろうか！」

「シン君！　何しているのかなぁ⁉　早く海に入ろうよぉ！　冷たくて気持ちいいよぉ！」

はいはい、と返事をしながら大槻さんの元へと走る伸二。さて、バカップル二人がいなくなったが楓さんはまだ来ないのか？

「勇也《ゆうや》君、お待たせしました！」

手持ち無沙汰だったのでビーチボールを膨らましていると、ようやく楓さんがやって来た。

楓さんの水着はあの時に候補に挙がっていた純白のホルターネックビキニ。クロスストラップが現在進行形で成長を続ける果実を強調させて思わずごくりと生唾を飲む。日焼け対策に羽織っているビーチカーディガンはシースルーデザインのため適度な透け感があって大人の色香を演出している。

「うん。ありきたりな言葉しか思い浮かばないけど、すごく似合っているよ、楓さん」

「えへへ。勇也君にそう言ってもらえるのが一番嬉しいです！」

満面の笑みを浮かべながら駆け寄ってくる楓さん。当然のことながら普段より肌色成分が多い上に生地も薄いので密着されると体温とか柔らかさとかがダイレクトに伝わってきて理性君のＨＰがゴリゴリ削られていく。

「吉住《よしずみ》、一葉さんの水着姿が可愛いからって鼻の下を伸ばしすぎだよ？　あとにやけた顔が気持ち悪いから何とかして」

いつも以上に辛辣な言葉を豪速球で投げつけてくる二階堂《にかいどう》。気持ち悪いとは失礼だな。楓さんの水着姿を見て鼻の下を伸ばさない男がいるはずは――

「な、なんだよ？　私の水着、どこか変かな？　もしかして似合ってない？」

不安そうな声で尋ねてくる二階堂だが、俺の答えはむしろ真逆だ。

彼女が選んだのは買い物の時に見ていたものとは別のデザインのオフショルダービキニだった。色は落ち着いたベージュ。華やかでありながら可愛らしさを演出するダブルフリル。二階堂らしからぬ大胆な肩出しでドキッとするし、何より服の上からだとあまりわからなかったが意外にも大きな果実が実っていた。普段の王子様から一転してお姫様のような出で立《い》ちに理性君が深手を負う。

「な、なんか言ってよ吉住！　うぅ……母さんは大丈夫って言っていたのにやっぱりおかしいのかな……」

「あぁ、いや。違うぞ、二階堂。すごく似合ってると思うし、むしろ似合いすぎて言えなかった。ごめん」

「そ、そう？　本当に似合ってる？　可愛い……かな？」

未《いま》だ不安そうな表情のまま、指をもじもじとさせながら上目遣いで尋ねてくる二階堂に心臓の鼓動がもう一段回速度を上げた。なんだこの可愛い生き物は。もし楓さんという心に決めた人がいなかったら……そこまで考えて俺は一度深呼吸をする。落ち着け、俺。

「ふぅ……恥ずかしいから何度も言わせないでくれ。すごく似合っているし、その……か、可愛いと思うから自信を持て」

「……ありがとう、吉住」

ようやくにこっと笑った二階堂の顔はまるでヒマワリのように明るく、そして綺麗《きれい》だった。まぁそうやって二階堂のことばかり褒めているとどうなるかは火を見るよりも明らかで。

「むぅ……勇也君、鼻の下が伸びていますよ？　そんなに二階堂さんの水着が良かったんですか？」

案の定楓さんがむくれっ面になりました。この場合どうすれば楓さんの機嫌が直ってくれるのか？　誰か教えてくれないかな。

「勇也君も男の子ですから二階堂さんのような綺麗な人の水着姿に見惚《みと》れてしまうのは仕方ないことだと思います。でもでも！　私がすぐそばにいながら鼻の下を伸ばしたのでお仕置きをします！」

異論は聞きません！　と楓さん。いや、確かに二階堂の水着姿に一瞬見惚れはしたがそれでお仕置きはちょっと厳しくありませんか？

「甘んじて受け入れるというのなら、私の機嫌は直るどころか限界突破することをお約束します。もし断るというのなら……」

「……な、何なりとお申し付けください、楓お嬢様！」

楓さんの手を取り、恭《うやうや》しく頭を下げる。するとこのお嬢様はフフッと妖しい声で一つ笑ってから、

「私の身体《からだ》に日焼け止めを塗ってくれますか？」

起爆1秒前の爆弾を剛速球で投げつけてきた。

「………今なんと？」

「ですから私に日焼け止めを塗ってくださいと言ったんです！　はい、これを私の身体に塗ってくださいね！　全身くまなくしっかりとお願いします！」

楓さんは俺の問いかけに一切答えることなく、どこからともなく取り出したローションタイプの日焼け止めを手渡してきた。私に質問をするな！　そんな幻聴が聞こえた気がした。

「あらあら。楓さんは大胆ね。私も学《まなぶ》さんにお願いしようかしら？」

「いやいやママ！　やってもいいけどママとパパの場合は刺激が強すぎるから私達の目につかないところでやってね⁉」

最後にやって来たのはメアリーさんと結《ゆい》ちゃんの母娘《おやこ》。二人とも眩《まぶ》しく輝く金砂の髪を持っているがその姿は対照的だ。

メアリーさんの水着はシンプルな黒のビキニスタイル。シャツを羽織り、腰にパレオを巻いた落ち着いた格好なのだが、大槻さんを凌ぐ凶器と一児の母とは思えないスタイルは、金砂の髪と英国貴婦人然とした美貌と相まって、現代に顕現した女神のよう。

対する結ちゃんはカジュアルな見た目のショートパンツスタイル。けれど胸元にはヒラヒラのレースがあって可愛らしさもちゃんとある。しかし悲しいことにこの二人には絶望的な胸囲の格差があった。大人と子供だから仕方ないのだが。

「あら、そうしたらあなたに弟か妹ができ……これ以上は結には刺激が強すぎるわね。ごめんなさい」

メアリーさんが何食わぬ顔で発した言葉に結ちゃんがムンクの叫びのような顔をする。冗談がきつすぎるというか、メアリーさんも顔色一つ変えずによく言えるなと感心する。

「それにしても楓ねぇは予想通りというかなんというか……さすがだね」

ハァと重たいため息をつきながら、俺に日焼け止めを塗らそうとしている楓さんに呆《あき》れたように言った。しかし当の楓さんは一切気にすることなく、

「海に来たら絶対にやりたかったんですよね。勇也君に日焼け止めを塗ってもらうの。フフッ。それじゃぁ早速お願いできますか？」

カーディガンを脱ぎ、水着の紐《ひも》を解きつつ落ちないように押さえながらゴロンと俺が敷いたビニールシートの上にうつぶせになる楓さん。本気で俺に塗らせるつもりですか!?

そういうのは俺じゃなくて二階堂や結ちゃんに任せた方が——っていない!?

「私も秋穂ちゃんと早く海に入りたいのでお願いします」

「ちなみに聞くけど、俺に拒否権は？」

「ありま――――せん！　もし逃げるというならこのままコアラさんのように抱き着きますからね？　水着が解けて大変なことになりますからね？」

俺達以外人のいないプライベートビーチで本当に良かったと心の底から思う。もし他に男性客がいたら嫉妬の視線が大変なことになっていただろうし、抱き着いて来ようものならその瞬間に俺の理性は消滅する。

「さぁさぁ！　早くぬりぬりしてくださいな！　時間は有限ですよ？」

「はぁ……わかりました。それじゃ塗っていくから大人しく横になっててね？　間違っても、絶対に、くれぐれも起き上がって来ないでね？」

「もう、勇也君は私を何だと思っているんですか？　それともあれですか、ダチョウの三人組の押すなよ的なあれですか？　本当は私に起き上がってほしいんですか？」

「はいはい！　そういうのは家でやりましょうね！」

ペシッと優しく手刀を落とす。お風呂《ふろ》で何度も見ているが、こうして初めて太陽の下で見る楓さんの素肌は本当に綺麗だな。

なんてことを考えながら、俺はローションを手に取って楓さんの背中に広げ、首筋から始める。色っぽいうなじを経由して華奢《きゃしゃ》な肩、彫刻のような精巧な形の背骨、そして背中全体を丁寧にむらなく塗っていく。

「んぅ……勇也君、すごく気持ち良いです」

楓さんが艶の混じる声で言うが、正直今の俺には何か返答する余裕はない。うつぶせに横たわる楓さんの身体を守るものは一切なく、新雪のような綺麗な背中はもちろんのこと、普段は決して見ることの出来ない横乳に視線を奪われないように必死なのだ。むにゅと潰れてはみ出た、たわわな胸が描く魅惑の曲線に思わず生唾を飲み込む。

「背中は終わりましたか？　それなら勇也君。次は下をお願いします！」

楽しそうに足をパタパタとさせて次なるお仕置きを催促してくる楓さん。俺にとって最《も》早《はや》これはお仕置きと言うよりもむしろご褒美《ほうび》になっていないか？

「ほらぁ勇也君、は――――や――――くぅ――――！」

ぼんやり考えていたら楓さんが駄々っ子モードに突入してしまった。心臓の高鳴りを鎮《しず》めるために大きく深呼吸をする。

「わかった。わかったからちょっと待ってくれ」

自分でも自分の声が震えていることがわかるし、先ほどまでは何ともなかった手も緊張で震え始める。腰から先に待ち構えているのは柔らかくて甘そうな魅惑の桃尻。ここを突破しないことには太ももにはたどり着けない。だが、ここを塗るためには水着の下に指を入れなければならない。それはあまりにも刺激が強すぎる。というかそんなことをしていいのか？

「もう……私はいつでもウェルカムですって言っているじゃないですか」

俺を誘うように、楓さんはほんのわずかに水着をずらした。その隙間からチラリと覗《のぞ》く生の桃尻にごくりと生唾を飲み込む。ほらぁと甘い声に誘われ、俺は楓さんのお尻に手を添えた。

率直な感想を述べるなら、これは確実に人をダメにする。胸の感触とはまた異なる柔らかさと弾力。もちもち感ではお尻の方が上――ふわふわ感は圧倒的に胸の方――だ。

「勇也君、水着の上から塗っても意味ないですよ？　ちゃんと肌に塗ってください」

「う、うん……それじゃ、塗っていくね……」

心臓が口から飛び出るくらい緊張しながら、楓さんの水着の下に指を入れて直《じか》に桃尻にローションを塗り込んでいく。

楓さんの口から熱い吐息が漏れ聞こえてくるので俺の動悸《どうき》はどんどん加速する。太ももの付け根に近づき、花園に触れるか触れないかの瀬戸際《せとぎわ》に手が触れた瞬間、「んぅっ」という甘く艶《なま》めかしい声を上げて楓さんの身体がぶるっと震えてお尻がビクンと跳ね上がる。

これ以上はダメだ。こんなことを続けたら色々我慢できなくなるから自重しよう。身体にこもった熱を吐き出しながら、太ももへ移行する。新雪のように真っ白で、細くしなやなか脚線美が日差しで穢《けが》れないように念入りに塗っていく。

「こうしていると勇也君にマッサージをしてもらった時を思い出しますね。すごく気持ちよかったのでまたやってくれませんか？」

「家に帰ったらやってあげるよ。はい、足まで塗り終わったよ。前は自分で――」

「それじゃ次は前をお願いします！」

俺が言うより早く、楓さんはガバッと起き上がった。そしてお約束のようにはらりと水着が地面に落ち、綺麗《きれい》な形をした魅惑の果実の全貌が露《あらわ》になる。

「ちょ、楓さん⁉　前！　水着落ちているよ⁉」

「きゃぁ――勇也君のエッチぃ！　恥ずかしいですぅ」

棒読みで叫びながら俺に抱き着いてくる楓さん。人をダメにするむにゅっとした柔らかい感触に脳が蕩《とろ》けそうになりながら、俺は必死に理性を働かせて水着を拾い上げる。

楓さんを無理やり引き剝がしながら拾った水着を押し付ける。

「はい、ちゃんと水着を着けて、前は自分で塗ってください！」

「むぅ……勇也君のいけずぅ！」

俺は楓さんから逃げることを選択した。これ以上一緒にいたら色々マズイことになるからな。熱くなった頭と身体《からだ》を冷やすために海に入ろう。楓さんのたわわな感触とか目を逸《そ》らす直前に見えたサクランボのことは忘れるんだ。

「お疲れ、吉住。一葉さんとは大丈夫だった？」

みんなから離れようと歩いていると、二階堂がポンと肩を叩《たた》きながら声をかけてきた。

全然大丈夫じゃなかったよと俺は力なく答えた。

「ほんと、一葉さんは吉住のこととなると見境がなくなるというか、猪突猛進《ちょとつもうしん》というか……恋は人を別人に変えるんだね」

呆れた表情で二階堂は言った。それを言うなら俺も同じだな。楓さんと一緒にいると周りが見えなくなるというか、視界に楓さんしか映らなくなるというか。だからメオトップルなんてみんなに言われるんだろうな。

「そんなことより、二階堂はこんなところで何をしているんだ？　結ちゃんは一緒じゃないのか？」

「ん？　あぁ……ちょっと忘れ物があってね。これを取りに行っていたんだよ」

そう言って二階堂が見せてきたのはガラスの小瓶。その中身は一体なんだ？

「フフッ。これはサンオイルだよ。せっかく海に来たんだからこんがり小麦色の肌にしてみたくてね」

憧れてたんだよね、と言ってニコッと笑う二階堂。それを聞いて俺は思わずへぇと驚嘆の声を上げる。楓さんは肌を焼かないために日焼け止めを塗っているのに対して二階堂はその逆で綺麗に肌を焼きたいという。

「二階堂にそういう願望があったことに驚きだよ。てっきり楓さんと同じで日焼けはしたくないんだとばかり……」

「まぁ一葉さんの場合は綺麗な肌だからね。あれは日焼けしたら勿体《もったい》ないよ。でも私はそうじゃないからね。それに人生に一度くらいは小麦肌にしてみてもいいかなって」

「へぇ……そういうものなのかね。俺はサッカーやっているから嫌でも日焼けするから気にしたことなかったわ」

「ひと夏の思い出ってやつだよ。それでね、吉住。お、お願いがあるんだけど……いいかな？」

二階堂がもじもじしながら上目遣いで尋ねてきた。なんだろう、ものすごく嫌な予感というか既視感があるというか――

「あ、あのね。このサンオイル、塗るのを手伝ってくれないかな？」

思わず俺は心の中で〝二階堂、お前もか⁉〟と叫んだ。どうして俺に頼むんだよ⁉　そこは結ちゃんでいいだろう⁉　二人は相部屋だし、昨日の恋の島でも仲良く散歩していたじゃないか！

「も、もちろん結にお願いしようと思っていたよ？　でも取りに戻ったらどこにもいないし、スマホも持ち歩いていないみたいで連絡もつかないし……だから吉住、お願い！」

手と手のしわを合わせてお願いして来る二階堂。そんな懇願されても困るというか、楓さん以外の女性の素肌に触れるのはさすがに抵抗がある。

「ひ、一葉さんには内緒にするから！　これは二人だけの秘密というか、むしろ思い出を作らせてほしいというか……」

「ど、どうしたんだよ、二階堂。らしくないぞ？」

霞《かす》むような声で切実に訴えてくる二階堂に普段の堂々とした王子様らしさは微塵《みじん》もなく、まるで駄々をこねる甘えん坊の子供みたいだ。俺の腕を摑《つか》んで上目遣いで見つめてくるその顔は今にも泣きそうに歪《ゆが》んでいる。

このお願いに、俺は首を横に振った。

「ごめん。いくら二階堂の頼みでもそれは引き受けることは出来ない。楓さんへの裏切り行為になるからな」

そっと腕を解きながら、俺はポンポンと二階堂の頭を撫《な》でる。きっと沖縄の海の魔力に中《あ》てられてテンションがおかしくなってしまっただけだろう。そうじゃなかったら二階堂が俺にサンオイルを塗ってくれなんて頼むはずがない。

「も、もう！　吉住のバカ。真剣な顔で言わないでよね！　冗談に決まっているじゃないか！　こ、恋人じゃなくてただの男友達の吉住に頼むわけないだろう？」

アハハハと二階堂は笑いながらバシンッと思い切り俺の背中を叩いた。いつもと違ってシャツ一枚の薄着なのに全力で叩くからジンジンと痛むじゃないか。くっきり手形がついていないか心配だな。

「大丈夫だよ。そんな簡単に痕はつかないから。何なら私が確認してあげようか？」

「いや、丁重にお断りします。さて、背中を叩かれたおかげで落ち着いたから俺も海に入ろうかな。二階堂はどうする？　サンオイル、誰かに塗ってもらうのか？」

「あぁ……いや。うん、大丈夫。私も一緒に海に入ろうかな！　吉住、一緒に行くよ！」

そう言って二階堂は俺の手をしっかり握って走り出した。ちょっと待て、二階堂。俺は自分で走れるし、何よりまず手を離してくれ！

「ええ！　手を握るくらいいいじゃないか！　それくらい私にもさせてよね」

最後の一言はボソッと呟《つぶや》いたようで、俺は聞き取ることが出来なかった。そして二階堂の耳が真っ赤になっているのは日差しのせいなのかそれとも別の理由なのか、俺にはわからなかった。

＊＊＊＊＊

「ただいまより、第一回ウォーターブリッツin沖縄を開催いたします！　はい、みんな拍手！」

大槻さんの号令に楓さんと結ちゃんの二人がおぉと歓声を上げながらパチパチと笑顔で拍手をする。俺と二階堂、そして伸二は死んだ魚のような目で壊れたおもちゃの如《ごと》く適当に手を叩く。

「こらぁ！　男子二人と哀《あい》ちゃん！　覇気がなさすぎるよぉ!?　もっとテンション上げてよね！」

「むしろ秋穂がどうしてそこまでハイテンションなのか教えてくれないかな？　というかウォーターブリッツってなに？」

げんなりした顔で大槻さんに至極当然なことを尋ねる二階堂。ウォーターブリッツは俺も聞きなじみのない言葉だ。

「ウォーターブリッツはいわゆる海で行うサバゲーです。この水鉄砲を使って頭につけた的を撃ち抜いて、最後まで残った人の勝ちです」

いつの間に手にしていたのか、楓さんがライフル型の水鉄砲を肩に担《かつ》ぎながら説明してくれた。その姿は様になっているが、プラスチック製にしては俺の知っている水鉄砲とは違ってだいぶゴツイな。水鉄砲というよりウォーターガンじゃないか？

「夏の定番はビーチバレーですが、どうせならみんなで楽しめる方がいいと思ってこの遊びにしました」

確かに、このウォーターブリッツという遊びなら運動神経で劣る大槻さんも一緒に楽しむことが出来るな。こういう気遣いはさすが楓さんだな。

「フッフッフッ。これなら日頃容赦なく砂糖をばら撒《ま》いて私達を苦しめる吉住先輩をフルボッコにすることが出来ます」

クックックッとファンタジーのラスボスのようなどす黒い笑みを口元に浮かべる結ちゃん。だが結ちゃんがラスボスならこっちには最強の勇者がいる。

「残念ながら結ちゃん。勇也君を狙うというのならまずは私を倒すことです。私の目が黒いうちは勇也君には指一本触れさせませんせん！」

「楓ねぇ……私は楓ねぇのことが大好きだけど我慢にも限界ってものがあるよ。イチャイチャパラダイスを見せつけられている恨み、ここで晴らさせてもらうからね！」

宣戦布告をした結ちゃんの背中には虎が。望むところです、と不敵な笑みで返した楓さんの背後に龍がそれぞれ浮かび上がりさながら一大決戦の様相を呈している。しかしこれから始まるのは単なるウォーターブリッツであり、世界の命運はかかっていない。

「結、前置きが長いわよ」

ペシッと結ちゃんの頭に手刀を落としたのはメアリーさん。メアリーさんがこのウォーターブリッツの審判を務めてくれるそうだ。

「本当のルールはチーム戦だけど今回は個人戦で行うわね。最後まで頭につけたポイが破れていなかった人が勝ちよ。それと、負けた人には罰ゲームとして夕食の準備を手伝ってもらうわね」

淡々とメアリーさんが言うが、罰ゲームがあるなんて初耳だぞ？　まぁそれがなくても手伝うつもりでいたから別に構わないんだけど。

「フッフッフッ。ついにメオトップルに引導を渡す日が来たね。シン君、結ちゃん、懲らしめてやりなさい！」

どこぞの水戸光圀《みとみつくに》公のようにビシッと指令を飛ばす大槻さん。いやいや、これは個人戦だからね？　チーム戦じゃないよ？

「勇也君、絶対に勝ちましょうね！」

「秋穂も一葉さんも、チーム戦じゃないからね？　でもまぁ……やるからには勝ちたいね。キミには負けないよ、吉住」

グッと拳を握って意気込む楓さんと肩をすくめながら静かに闘志を燃やす二階堂。二人ともやる気満々だな。

二階堂のその姿を見て、俺は秘《ひそ》かに心中で安堵《あんど》のため息をついた。つい先ほどサンオイルを塗ってくれないかと頼んできた時に見せた沈痛な面持ちはすっかり影を潜めており、いつもの王子様に戻っていた。

俺達は宮本さんから水鉄砲を受け取り、頭に金魚すくいで使うような紙の的を装着する。これで戦闘準備は完了した。

「準備はいいかしら？　一度笛を鳴らして、十秒経《た》ったらまた笛を鳴らすからそれから撃ち合いを始めるのよ？」

なるほど。その十秒の間にいかに距離を稼ぐかがポイントだな。近ければそれだけ水鉄砲の威力が増して一撃で穴が空いてしまう。

「それじゃぁ……行くわよ？」

メアリーさんがスタートのホイッスルを鳴らす。俺達はみなバラバラに散開する。とにかく俺は走って距離を稼ぐ。そして二度目の笛が吹かれて勝負が始まった。

「勇也君、覚悟してください！」

俺のことを追いかけてきた楓さんが容赦なく銃口を向けて引き金を引いた。水の弾丸が顔面に直撃した。うん、地味に痛い。というか狙うのは顔じゃなくて頭につけている的だからね？

「当たりましたぁ！　さぁ、どんどん行きますよ！」

「やったな、楓さん。お返しだ！」

俺は背走しながら負けじと引き金を引く。だが走りながらだと銃口が上下にぶれて照準が合わせづらい。それでも俺の水鉄砲から勢いよく放たれた弾丸は見事に楓さんに命中した。しかし当たったのは頭につけた紙の的ではなく、楓さんの豊満な胸にだったが。当たった瞬間、楓さんのたわわな果実がプルンと揺れて俺は思わず足を止めてしまった。うん、改めて見るとやっぱりすごいな。

「もう、勇也君。私の胸は的じゃないですよ？　それとも私の胸が揺れるところを見たいんですか？　それなら水鉄砲なんか使わずに直接触って――」

「一葉さん、隙ありだよ」

楓さんが身体《からだ》をくねくねさせながら話しているところに、いつの間にか接近していた二階堂が乱射しながら突っ込んできた。ブシャァアと顔全体に水を浴びて、楓さんが付けていた紙の的は一片残らず吹き飛んだ。

「まったく。キミ達は本当に油断も隙も無いね。ちょっと目を離したらすぐにイチャイチャしだすんだから」

水鉄砲を肩でポンポンと叩《たた》きながら呆《あき》れた口調で話す二階堂。的を射貫《いぬ》かれて脱落となった楓さんはしょんぼりと肩を落とした。

「うぅ……勇也君が私のおっぱいを狙うからいけないんです。普段は鳥さんなのにどうしてこういう時だけ積極的なんですかぁ」

だから楓さん、俺は別に胸を狙ったわけじゃないからね？　あれは事故だから。そして二階堂、どうして君は自分の胸をたぷたぷと揺らしているんだ？　ちゃんと的を狙うから安心してください。

「……私の胸の揺れは見る価値がないってことだね？　そうなんだね？　よし、そこを動くなよ？」

メラメラと殺気を身体から滾《たぎ》らせてゆっくりと近づいてくる二階堂に俺は思わず恐怖を感じて後ずさる。

「これが……これが胸囲の格差社会なのか⁉　そうなのかぁ⁉」

「こ、こら結ちゃん！　おっぱいばっかり狙わないでよぉ！」

視線を横にずらすと死んだ魚のような目をした結ちゃんが無心で大槻さんの胸めがけて銃を撃っていた。そのたびにぶるんぶるんと大槻さんの双丘が揺れる様は神をも殺す猛毒だ。すでに的を射貫かれていた伸二は見てられないとばかりに両手で顔を覆っている。親友よ、その反応はあまりにも初心《うぶ》すぎる。

「うるさぁい！　楓ねぇを含めて私にない物を持っている三人は私の敵だぁ！」

修羅と化した結ちゃんが狙いを定めずに四方八方に撃ちまくり、大槻さんが必死に逃げる。走るだけで上下左右に揺れるのでそれがまた結ちゃんの逆鱗《げきりん》に触れて益々《ますます》怒りのボルテージが上がっていく。

「あぁっ！　そこにいるのは楓ねぇ！　とその彼氏の吉住先輩とヘタレな二階堂先輩！三人まとめて始末してやります！」

「わぁぁあん！　助けてぇ――――哀ちゃーん！　ヨッシー、盾になってぇ！」

真夏の太陽の下。沖縄の海に大槻さんの叫びが響き渡る。結ちゃんの怒りの矛先が俺達三人にも向けられたことで、第一回ウォーターブリッツ大会はルール無用のただの水遊びとなった。

大丈夫だよ、結ちゃん。大人になればきっとメアリーさんのようにすごくなるから。だから安心するんだ。

閑話 ● 王子様の憂いと決意

I'm gonna live with you not because my parents left me their debt but because I like you

日が落ちるまで海を満喫した後、私達は待望のバーベキューを行った。宮本《みやもと》さんが現地で購入したアグー豚やアンガスビーフのステーキなどを焼いて振舞ってくれた。口に入れた瞬間に溶けていくお肉がこの世に存在することを私はこの時初めて知った。吉住《よしずみ》が無言でひたすら食べていたのが印象的だった。

「明日で沖縄ともお別れか……あっという間だったなぁ」

心行くまで食事を堪能《たんのう》して、現在時刻は22時を少し過ぎた頃。私は一人で夜のビーチを散歩していた。

女子会と称して私と結《ゆい》の部屋に集まったところまではよかったが、はしゃぎ疲れていたのか早々にみんな夢の中へ旅立ってしまった。

都会と違って街灯はほとんどないが、その代わりに空には月と無数の星々が輝いている。コテージから漏れる光も多少あるので何も見えないということはない。

昼間はエメラルドグリーンで綺麗《きれい》だった海も、今は純黒の闇と一体化していて不気味だった。けれど寄せては返すさざ波の音を聴いていると自然と気持ちが安らかになり、さざくれた私の心を癒《いや》してくれる。

「はぁ……やっぱりあの作戦は失敗だったな。しかも吉住にはきっぱりと断られるし……最悪」

砂を蹴り上げながら独《ひと》り言《ご》ちる。結に唆《そそのか》されて吉住にサンオイルを塗ってと迫ったが、彼をドキマギさせるどころか一葉《ひとつば》さんへの真摯な想《おも》いを見せつけられる形となって私が撃沈しただけに終わった。

「沖縄に来れば想いを伝えられるかなって思ったけどダメだったなぁ。フフッ。そもそも一緒に旅行に来ただけで告白出来るなら拗《こじ》らせてないよね」

吉住への気持ちを自覚してまもなく一年が経とうとしているが、ズルズルと引きずっていた想いを、この旅行の間に決着をつけようなんてしたのが間違いだったのかもしれない。それが出来ていたら今頃私は――

「一人で散歩か、二階堂《にかいどう》？」

「……え？　吉住？」

ふいに声をかけられて、振り返ってみるとTシャツに短パンのラフな格好をした吉住が手を振っていた。

「どうしてここに？　日暮《ひぐれ》はどうしたの？」

「あぁ。伸二《しんじ》ならベッドで寝ているよ。なんだかんだ大槻《おおつき》さんと一緒にはしゃいでいたから疲れたんだろう。そういう二階堂は？　楓《かえで》さん達と女子会しているんじゃなかったのか？」

小首をかしげながら尋ねてくる吉住に私は部屋が今どうなっているかを簡潔に説明した。出来ることならこの散歩のあと回収してほしい。そうじゃないと私が寝る場所がない。

「ハハハ……なんか悪いな。帰ったら迎えに行くよ。あ、でも大槻さんはどうしよう？　伸二は寝ているし、俺が運ぶわけには……」

「秋穂《あきほ》は私が運ぶから安心して。だから吉住は一葉さんをお願いね？」

「悪いな、助かるよ。それにしても日中は死ぬほど暑かったのに、夜は涼しくて気持ちいいな」

髪をかき上げて身体を伸ばしながら吉住は呟《つぶや》いた。そうだね、とだけ私は返した。気まずい沈黙が私達の間に流れる。

「……実は二階堂が外に出ていくのが見えたんだ。だからどこに行くか気になってさ。追いかけてきたんだ」

　ゆっくりと歩きながら、吉住が苦笑いをしながらここに来た理由を教えてくれた。たまたまベランダから外を眺めていたら私の姿が見えたらしい。吉住は言葉を続ける。

「沖縄に来てから様子がおかしかったから気になっていたんだよ。旅行の前に何かあったのか？」

「ど、どうしてそう思うの？　私は別に……」

「バカ言え。一年以上も隣の席で顔を見ているんだぞ？　様子がおかしいことくらい気付くさ。そもそも何かなきゃサンオイルを塗ってくれなんて、俺の知っている二階堂は絶対に言わないからな」

　そう言われて私は驚きながら、同時に嬉《うれ》しく思ってしまった。一葉さん一筋だけど、ちゃんと私のことも見てくれているんだね。

「頼りないかもしれないけど、俺でよければ話を聞くぞ？」

　心配そうな顔で吉住は言った。まったく、誰のせいで私が悩んでいると思っているんだ？　キミに話せたらどれだけ楽か。でもせっかくの申し出だから心に閊《つか》えているモヤモヤを話してみようかな。

「実は沖縄旅行の直前に一年生の男の子から告白されたんだ。一目惚《ひとめぼ》れですって言われたよ」

私の発言に吉住の足が止まり、驚いた顔で私を見る。なんだよ？　私が告白されたのがそんなに意外なのか？

「いや、別にそういうわけじゃ……今まで二階堂の口からそういう話を聞いたことがなかったから新鮮というか……でもそうだったのか。中々勇気あるな、その男の子。それで、二階堂はなんて答えたんだ？　あ、答えにくかったら別に――」

「断るつもりだよ。私には好きな人がいるからね」

吉住の言葉に被《かぶ》せるように、私は彼の瞳をじっと見つめながらはっきりとした口調で事実を告げた。そしてここから先の言葉は私のための嘘《うそ》。

「でも可愛《かわい》い男の子から告白されたことが嬉しくてね。それが初めての沖縄旅行と合わさって妙なテンションになっていたんだと思う。迷惑かけてごめんね？」

「あぁ……いや。まぁ沖縄旅行でテンションがおかしなことになっていたのは楓さんも同じだからな……というかそういうことなら俺の心配は無駄骨か？」

「フフッ。そんなことないよ。心配してくれてありがとう、吉住」

やれやれと吉住は肩をすくめながら安堵《あんど》のため息をついた。本当にキミが一葉さんだけを見て、私のことなんか気にも留めなければこんなに苦しくならずに済むのに。酷《ひど》くて優しい人だね。

「ねぇ、吉住。沖縄から帰ったらさ……みんなで夏祭りに行かない？　去年も行った大きな花火大会があるあのお祭りに」

まだ私が吉住への恋心を自覚する前。彼と並んで空を見上げた日のことは今も鮮明に覚えている。次々と打ちあがる花火をキラキラとした目で見ていた横顔は純真無垢《むく》で可愛かった。

「あぁ、あのお祭りか。去年はみんなで行って楽しかったな。楓さんと行きたいねって話をしていたんだ。今年はこのメンバーで行こうか」

「私はもちろん構わないけど、一葉さんは大丈夫？　吉住と二人っきりがいいって言わない？」

「大丈夫、俺が説得するから。楓さんと夏祭りはこれから何回でも行けるけど、二階堂やみんなと行けるのは限りがあるかもしれないからな」

思い出を作りたいんだよ、と吉住は頬を掻《か》きながらどこか照れくさそうに言った。この申し出は私にとっては嬉しいと同時に残酷でもある。なぜならこれから先、吉住の隣に立ち続けるのは私じゃなくて一葉さんで、キミと一緒にいられる時間には限りがあると明言されたようなものだから。

「そう言えば。今年は浴衣《ゆかた》を着るのか？　去年は着られずに悔しがっていたよな？」

そんな私の心中など知らず、吉住は話を続ける。母さんに勧められたけど面倒くさかったのと自分には似合わないと思って去年は着て行かなかったんだよね。

「吉住は私の浴衣姿を見てみたいと思う？　一葉さんと違って似合わないと思うけど……」

「そりゃ……滅多に見られるものじゃないから見てみたいと思うよ。絶対に似合うし可愛いと思うから」

吉住が顔を真っ赤にして言うものだから、私も釣られて顔が熱くなった。私が嬉しくなることを軽々しく言わないでよ……この天然スケコマシめ。

「わかった……吉住がそこまで言うなら今年は着ることにするよ。私の可愛い浴衣姿を見て驚くなよ？」

「ハハハ。それじゃ楽しみにしているよ」

それからしばらくの間、私達は他愛もないことを話しながら夜のビーチを散歩した。手を伸ばせば触れられそうなくらいすぐ近くに吉住がいるのに私は指一つ動かせず、ものすごく遠くにいるように感じた。

第13話 ● 夏祭り。花火が綺麗だね

沖縄旅行から帰ってきてからは部活やら夏休みの宿題やらをこなしつつ部活にバイトと忙しい日々を過ごした。

楓《かえで》さんは日焼けして肌がヒリヒリして痛いと泣いていた時はお風呂《ふろ》に入るのも億劫《おっくう》だったのに、今はだいぶ落ち着いて一緒にお風呂に入りたがる通常運転に戻った。スク水は卒業して海で着用した水着で迫ってくるのは勘弁してほしいものだ。

「フフッ。私と一緒にお風呂に入ることを勇也《ゆうや》君が本当は悦《よろこ》んでいると私はちゃんと気付いていますよ！」

「こら、楓。じっとしていないとダメよ。あとそんなに毎日一緒にお風呂に入っていたら勇也君に飽きられちゃうわよ？」

桜子《さくらこ》さんが楓さんの浴衣の帯を締めてあげながら窘《たしな》める。だが飽きられるという言葉を聞いた暴走列車さんにブレーキがかかるどころか、さらにアクセルを踏み込んで速度が

上がって益々《ますます》手が付けられなくなる。

ちなみに今何をしているかと言うと、夏祭りに行くための準備をしている。

意外なことに楓さんは浴衣を着るのは初めてで、お母さんの桜子さんに着付けをしてもらっている。

浴衣はアイボリーの生地にレモンイエローの牡丹《ぼたん》とストライプがあしらわれた落ち着きのあるデザイン。普段は流している夜空のような黒髪を結ったことで高校生とは思えない艶美《えんび》な色香が漂っている。

さらに言うと、俺も薄手の紺色に楓さんと同じ牡丹柄の浴衣を着ている。

最初は断ったんだが、楓さんがどうしてもお揃《そろ》いにしたいと言って聞かなかったので最終的には押し切られた。着付けは宮本《みやもと》さんに手伝ってもらった。

「ゆ、勇也君はそそそ、そんな事ありませんよね!? 私の身体《からだ》に飽きるなんてことはないですよね!?」

うん、〝身体に飽きる〟って言い方はなんかおかしいと思うよ？ でもいつ見ても何度見ても楓さんの身体は綺麗で素敵だから、飽きることは一生ないんじゃないかな？ って何を言わせるんだよ。

「相変わらず勇也君は真顔ですごいこと言うのね。だけど楓。彼に甘えてはダメよ？ 毎日水着を着て一緒にお風呂に入っていたら刺激も薄まってしまうわよ――はい、これで完成。大丈夫、きつくない？」

「うん、大丈夫……って、そんなことよりどうすれば勇也君に飽きられないか教えてよ、お母さん！」

泣きそうな顔で桜子さんの胸ぐらを摑《つか》んでガクガクと揺らす楓さん。いや、人の話を聞いていましたか？　俺は飽きないって言ったんだけど。

「そうねぇ……勇也君は一宏《かずひろ》さんと似ているところがあるから、楓が何をしても悦んでくれると思うわよ？」

まさかここで一宏さん――楓さんのお父さん――の名前を聞くことになろうとは。しかも今話しているのは夜のお話ですよね？

「例えば浴衣の胸元を少しはだけさせながらベッドに押し倒すとかどうかしら？　そうやって迫られてドキドキしない男性はいないはずよ。現に一宏さんは――」

「スト――――ップ！　それ以上はダメですよ、桜子さん！　楓さんもふむふむと頷《うなず》かないの！」

お風呂でスク水といい泡風呂《ぶろ》といい、俺を惑わした数々の行動はこうやって桜子さんから知識を得ていたのか。ほんと、勘弁《ありがとうございます》してください。

「フフフッ。夏のお祭りの時しか着ない浴衣が持つ魔力は一年の中でもとびきりよ？　いい、楓。必ずしも肌を見せればいいというものじゃないの。言うなれば宝探しと同じで、隠れているモノが露《あらわ》になる時こそ一番興奮するのよ」

決め顔で桜子さんはそう言った。そして楓さんは何度も何度も頷いて感心している。これは今晩覚悟しておいた方がいいな。

「それより楓。時間は大丈夫？　そろそろ行く時間じゃない？」

時計を見るともうすぐ家を出ないと待ち合わせ時間に間に合わなくなるな。しかも楓さんは着慣れない浴衣な上に下駄《げた》を履くから歩くスピードも遅くなるだろう。そう考えるとゆっくりしている時間はない。

「夏祭り、楽しんで来てね。勇也君、楓のことお願いね？」

「はい。任せてください」

「フフッ。頼りにしてますよ、勇也君」

私だけの王子様、と言いながら差し出された楓さんの手をしっかりと握って俺達は家を出た。

＊＊＊＊＊

「あっ！　楓ねぇ！　こっちこっち！」

待ち合わせの場所には俺達以外のみんながすでに揃っていた。

「うわぁ……楓ねぇの浴衣、初めて見たけどすごく可愛いね！」

「フフッ。ありがとうございます。結《ゆい》ちゃんの浴衣もすごく可愛いですよ」

楓さんの言う通り、秋の稲穂のように黄金色《こがねいろ》に輝く金髪を結い上げた浴衣姿は、日本人離れした容姿と相まって一際《ひときわ》目立っている。瞳と同じ空色の生地に金魚が泳いでいるようなデザインは暑い夏にぴったりな涼しげな印象を与える。

「んぅ……日本一可愛い女子高生の浴衣はいいもんですなぁ。そこに金髪ハーフの美少女が並んで立つと絵になりますなぁ」

「いやいや。そういう秋穂《あきほ》だって負けず劣らず似合っているからね？　僕から言わせたら秋穂が一番だよ？」

しれっと伸二《しんじ》と大槻《おおつき》さんが惚気《のろけ》ているのが耳に入った。伸二は黒の甚平《じんべい》を着ており、大槻さんは薄い桜色地に蝶《ちょう》が舞っている浴衣を身に纏《まと》っている。うん、どこがとは言わないが相変わらずすごいことになっているな。

「ほんと、一葉《ひとつば》さんは何を着ても可愛《かわい》いね。羨ましいよ」

俺の肩をトントンと叩《たた》きながら二階堂《にかいどう》が声をかけてきた。いや、キミも人のこと言えないと思うぞ。

二階堂は海で宣言した通りちゃんと浴衣を着てきた。浴衣にしては珍しい赤紅色の生地は暑さを感じそうなものだが、白と水色で優しいタッチで描かれた朝顔がしっかりと清涼感を演出している。

「私の浴衣はどうかな？　似合ってる？　可愛い？　吉住《よしずみ》の感想をぜひとも聞かせてほしいな」

「あぁ……月並みの言葉になるけどすごく似合ってるよ」

王子様と呼ばれるくらいに端整で甘い顔立ちの二階堂の浴衣姿は、本来隠れている彼女の色香を露にしている。楓さんがいるのにこんなことを言うのはどうかしているが、これは俺だけの秘密にしておきたかったとさえ思う。

「あ、ありがとう……そこまで言ってくれるなんて嬉《うれ》しいよ」

ニコッとはにかんだ笑みを浮かべる二階堂に俺は不覚にもドキッとしてしまう。ツンツンと背中を誰かにつつかれた。振り向くと、そこには頬をフグさんにした楓さんがいた。

あらやだ可愛い。

「さて、それじゃそろそろ移動しようか。メインの花火が始まるまでまだ時間があるから屋台を見て回ろうか」

楓さんが何か言う前に二階堂は歩き出した。花火まで時間はたっぷりとまではいかないが余裕はあるのでのんびり楽しもう。

「はい、楓さん。はぐれないようにしっかり握ってね？」

「⁉　は、はい！　それじゃ失礼して……えへへ。勇也君とお祭りデートです」

一瞬でふにゃっとした蕩《とろ》けた顔になった楓さんに内心で安堵《あんど》しながら、俺達はゆっくりと移動を開始した。結ちゃんが後ろで何やら叫んでいるが、祭りの喧騒《けんそう》で何も聞こえないふりをする。

「勇也君、屋台はどこから攻めますか⁉　王道の焼きそば？　イカ焼き？　あ、チョコバナナなんかもいいですね！」

おもちゃ売り場に連れて来てもらって興奮した子供のようにキラキラと目を輝かせて屋台を見る楓さん。

「こういうお祭りで食べる物って特別な気がして美味《おい》しいと思いませんか？」

「楓ちゃんの気持ちよくわかるなぁ。お祭りなんて一年に数えるくらいしかないから普段よりテンション上がるよね！」

言いながら、モグモグといつの間にか買っていた綿あめを頬張りながら大槻さんは言った。その相方も呑気《のんき》に焼きそばを食べている。バカップルは祭りを満喫しているようだ。

俺達も何か買うか。そういえば先行した二階堂の後を追った結ちゃんはどこにいるのか辺りを探すと人だかりが出来て盛り上がっている店があった。一際目立つ二人がいたのはその射的屋で、その店番は俺のよく知っている人だった。

「ちょ、ちょっと嬢ちゃん達！　これ以上は勘弁してくれねぇか⁉」

「ふふんっ！　それは聞けない相談ってやつですね。弾丸が尽きるまで狩りつくしてあげますよ！」

「ねぇ、結。あの大きなカワウソのぬいぐるみを取ってよ。私あのキャラ好きなんだよね」

任せてください！　と自信満々に二階堂が指定した獲物に狙いを定める結ちゃんと目を白黒させながら弾丸の行く末を見つめる小学二年生の愛娘《まなむすめ》を持つ店主。どうやらこの金髪美少女は生粋のスナイパーだったようだ。

「繁盛《はんじょう》しているみたいだね、タカさん」

「なっ、勇也じゃねぇか⁉　これのどこが繁盛しているって言うんだよ！　このままじゃ大赤字だよ！　助けてくれ！」

「助けるも何も……結ちゃんと二階堂はお客さんなんだから丁重におもてなししないとダメだと思うよ？」

「よりにもよってお前の知り合いかよ⁉　ならなおのこと止めてくれよ！」

泣きつかれても困るよ、タカさん。それに俺の相手をしている間にも結ちゃんは狙いを定めているけど大丈夫？　あれも墜とされるんじゃない？

「宮本結……目標を狙い撃つ！」

どこぞのマイスターの台詞《せりふ》を口に出してから結ちゃんがトリガーを引いた。寸分違わず狙ったところに放たれた弾丸がぬいぐるみの眉間に命中し、その一撃で棚からぽとりと落下した。俺を含めた観衆が歓声を、タカさんは悲鳴を上げた。

「いやぁ大漁大漁！　おじさん、来年もまた来るからよろしくね！」

両手いっぱいに景品を抱えた結ちゃんがほくほく顔でタカさんへ死刑宣告をした。ちなみに二階堂は取ってもらった浴衣《ゆかた》にうちわを持ったカワウソのぬいぐるみを大事そうに抱えている。二人とも、これから花火を観《み》るって言うのに荷物を増やしてどうするんだよ。

「金輪際！　もう二度とお願いだから来ないでくれ！　勇也と一葉の嬢ちゃんからも頼むから言い聞かせておいてくれよな！」

「ハハハ……来年まで覚えていたら善処するよ。まぁ無理だと思うけどね」

　チクショウ！　とタカさんの悲痛な叫びを聞きながら、俺達は再び歩き出した。花火の打ち上げ時刻が近づいてきているので徐々に人の数が増えている。ただでさえ混雑している上に、みんな慣れない下駄を履いているので歩くのも大変だ。その上二階堂と結ちゃんは荷物を抱えているのでなおさらだ。

「花火の打ち上げまでまだ時間があるから一度荷物を預けに行かないか？　抱えていたんじゃ落ち着いて観られないだろう？」

「勇也君の言う通りですね。もう、調子に乗って取りすぎですよ、結ちゃん」

　俺の提案に楓さんが同調しつつ諸悪の根源である結ちゃんに苦言を呈した。当の本人はしゅんと萎《しお》れるどころか嬉しそうにポリポリと頭を掻《か》いて、

「アハハハ。それほどでもぉ」

「ハァ……まったくもう。褒めてませんからね？　ほら、半分は持ってあげるので早く行きますよ。二階堂さんもいいですよね？」

「えっ⁉　あ、いや……わ、私は別に大丈夫だよ？」

　突然話を振られた二階堂が動揺しながら胸の中のカワウソのぬいぐるみをぎゅっと抱きしめた。何を考えているかわかるぞ。あれはこの子と一緒に花火が観たいって顔だ。タカ

さんが愛してやまない梨香《りか》ちゃんが時々見せる顔と同じだ。

「でも二階堂。せっかく可愛いのに持ち歩いていたら汚れちゃうかもしれないぞ？　その方が可哀想《かわいそう》じゃないか？」

そういう時にどういう風に説得したらいいかは、梨香ちゃんのお母さんの春美《はるみ》さんを見て学んだ。

「ぐぬぬ……た、確かに……いや、でも……！」

「その子が汚れたら落ち込んで花火も楽しめなくなるだろう？　だからここは我慢して、カワウソは預けに行こう？」

「ううっ……わかったよ……寂しいけど吉住の言う通り、この子は預けることにするよ」

二階堂が泣く泣くぬいぐるみを預けることに同意した。俺は心の中で春美さんにお礼を言いつつ、まさか明和台《めいわだい》の王子様に梨香ちゃんと同じやり方が通用するとは心の中で苦笑いをこぼした。

「それじゃ荷物を預けに行く組と花火を観る場所取りをする組に分かれるか。結ちゃんと二階堂だけで行かせると不安だから俺が一緒に行くよ。楓さんは場所取りをお願い出来るかな？」

結ちゃんが暴走しないとも限らないし、そうなったら若干ポンコツ気味な二階堂だけだと制御出来るかわからない。加えて二人とも可愛いから変な連中に絡《から》まれる可能性も十分考えられるので男が一人は必要だ。

「わかりました。私は秋穂ちゃん達と一緒に先に行っていますね。場所が取れたら電話します」

「うん、わかった。そっちは任せたよ。伸二、楓さんに変な虫が寄り付かないよう頼んだぞ？」

本当なら楓さんと離れたくはないが仕方ない。二階堂と結ちゃんと親しいのは俺の方だからな。それに伸二が一緒だと結ちゃんの勢いに押し切られかねない。

「ちょっと吉住先輩。私のことを何だと思っているんですか？　私だって空気を読むときはちゃんと読みますよ？」

「空気を読めるのにあえて読まないところが結ちゃんの悪い癖です」

心外だと頬を膨らませる結ちゃんにやれやれとため息をつきながら楓さんが指摘するが、俺から言わせれば楓さんも同類だけどね。

「あえてお約束を破るあたりとかそっくりだよ。それが俺にだけ向いている分まだいいけど」

「いやいや。ヨッシーにだけ向いている分特大な威力を発揮しているからね？　周囲への被害は甚大《じんだい》だよ？」

大槻さんのごもっともなツッコミに対して二階堂や結ちゃんもそうだそうだと言わんばかりに頷《うなず》いている。

「吉住先輩と楓ねぇがＴＰＯをわきまえずにイチャイチャしていることは私達一年生の間でもすでに周知の事実だからね！　というか！　そんなことより早くしないと花火が始まっちゃうよ！」

こうしてダラダラ話すのは楽しいのでつい時間を忘れそうになるが、油断していると花火の打ち上げに間に合わないどころかバラバラで見ることになりかねない。それだけは回避しなければ。

「それじゃ勇也君、またあとで」

「うん、あとでね。転ばないように気を付けてね？」

「もう、私を子供扱いしないでください！　大丈夫です、何もないところで躓《つまず》いたりは——きゃっ⁉」

早速転びそうになる楓さんの腕をとっさに摑《つか》んで抱き寄せる。まったく、言わんこっちゃない。ちゃんと前を見て歩かないからくぼみに足を引っかけるんだよ。どこかぶつけて綺麗《きれい》な肌に傷がついたらどうするの？

「は……はい。気を付けましゅ……」

湯気が出るくらい顔を真っ赤にして楓さんがポツリと呟《つぶや》いた。胸の中にすっぽり収まり密着したことで爽やかな香りが鼻腔《びこう》をくすぐり、髪を結ったことで普段は隠れて見えない綺麗なうなじの色気に心が乱れる。

「……言ったそばからイチャイチャするなんてさすがだね、楓ねぇ」

「メオトップルはどこへ行ってもメオトップルってわけだね。楓ちゃん！　気持ちはわかるけどそういうのは家に帰ってからだよ！」

「あぁ、何をするんです秋穂ちゃん！　もう少し余韻に浸らせてくれてもいいじゃないですか⁉」

大槻さんに首根っこを摑まれて楓さんは俺から引き剝がされた。助かった。これ以上抱きしめていたらどうなっていたことか。

「………………」

深呼吸をして心臓の高ぶりを落ち着けていると、ふと隣から視線を感じた。二階堂がどこか鬼気迫る表情で俺を見つめていた。どうした？

「別に。何でもないよ？　そんなことより、そろそろ急がないと本当に開始時間に間に合わなくなるよ。だから行くよ、吉住」

「お、おい二階堂！　危ないから手を引っ張るな⁉」

俺は二階堂に半ば引きずられるようにして歩き始める。そんな王子様の様子を見て結ちゃんはほくそ笑み、楓さんは潤んだ瞳で助けを求めるように俺に手を伸ばしている。まるで天の川の向こうにいる彦星《ひこぼし》に甘えたい織姫《おりひめ》だな。

「……吉住先輩。さすがにそれは飛躍しすぎだと思います」

＊＊＊＊＊

コインロッカーはお祭り会場の最寄り駅にいくつか設置されており、幸運にもすぐに空いているところを見つけることが出来た。探し回る時間を短縮出来たのでこれなら余裕をもって楓さん達と合流出来る。

「あぁっ！　勇也お兄ちゃんだぁ！」

楓さんに連絡を取ろうとスマホをいじろうとしたら聞きなじみのある声に名前を呼ばれて振り返ると、予想通りそこにいたのはタカさんの愛娘の梨香ちゃんと愛妻の春美さんだった。二人ともお揃《そろ》いの黒地に色とりどりの紫陽花《あじさい》が描かれた浴衣を着ていた。

「勇也お兄ちゃんも花火を観に来たの⁉　それなら私達と一緒に……ってあれ？　楓お姉ちゃんは一緒じゃないの？　それにそこにいるお姉ちゃん達は誰？」

説明を求めます、と敏腕刑事のような鋭い目つきで尋ねてくる梨香ちゃん。まるで旦那の浮気《うわき》現場を目撃した奥さんみたいな雰囲気を出しているが、一体どこで学ぶのやら。そう思って視線を春美さんに移すと口元を押さえて嫋《たお》やかに笑っていた。

「紹介するよ。このお姉ちゃん達は俺の友達で、髪が短くてカッコ可愛《かわい》い女の子がクラスメイトの二階堂哀《あい》。金髪が綺麗な外国人みたいな女の子は宮本結。仲良くしてね？」

諭すように梨香ちゃんに二人を紹介した。

「よ、吉住にカッコ可愛いって言われた……」

「二階堂先輩が言っていた通り、吉住先輩って本当に天然スケコマシなんですね……しれっと女の子に〝可愛い〟なんて言えませんよ、普通」

後ろで二階堂と結ちゃんがぶつぶつと何か言っているみたいだが、祭りの喧騒《けんそう》のせいでよく聞こえない。

「哀お姉ちゃんに結お姉ちゃんだね！　初めまして、私は大道《おおみち》梨香っていいます！　小学二年生です！　将来の夢は勇也お兄ちゃんと結婚することです！　よろしくお願いします！」

　ちょっと春美さん。梨香ちゃんに自己紹介でこんなことを言わせるように仕込むのはどうかと思いますよ？　タカさんが聞いたら血の涙を流すんじゃないか？

「吉住のお嫁さんになるのが夢だなんて……い、今の小学生はませているんだね」

「これは楓ねぇもうかうかしてられないかな？　それにしても、こんな小さな子さえも魅了するとは。吉住先輩も隅に置けませんねぇ」

　二階堂は頬をぴくぴくとさせて苦笑いをし、結ちゃんはニヤニヤしながら俺にジト目を向けてくる。俺は別に誰に対しても色目なんて使ってはいないからな？　モテたい願望もなければハーレムを作りたいわけでもない。俺には楓さんがいる。それで十分幸せだ。

「はいはい、ごちそうさまでした！　楓ねぇがいないのに惚気《のろけ》るのやめてくれませんかね？」

「いや、俺は別にそんなつもりは……」

　これだから無自覚惚気マンは困ります、と結ちゃんは吐き捨てるように言った。梨香ちゃんもうんうんと頷き、春美さんはあらあらと頬に手を当てて微笑《ほほえ》んでいる。二階堂は何故《なぜ》か苦い顔。どうした？

「い、いや……別に何も。そ、そんなことより！　一葉さんに連絡しなくて大丈夫なの？

合流する場所、教えてもらわないとダメなんじゃない？」

「そうだな――っあ、メッセージが来てた。えぇっと……みんなは神社の先にある小高い丘の上にいるってさ」

そこは桜子さんが話していた穴場の花火スポットだ。暗い夜道の中を長くて急な階段を登らなければならないが、人もほとんど集まらない上に丘から観《み》るので打ち上げる花火が綺麗によく見える。どうするか悩んでいたがやっぱりそこにしたのか。

「そうなると悠長にしている時間はないな。梨香ちゃんと春美さんは――」

どうしますか、と俺が尋ねるより早く春美さんが口を開いた。

「あ、私達のことなら気にしないでいいのよ。これから貴《たかし》さんと合流してのんびり眺めるつもりだったから。ほら、行くわよ梨香」

「ぐぬぬぬ……勇也お兄ちゃん、来年は一緒に花火を観ようね！　約束だよ！」

「うん、約束。来年は梨香ちゃんも一緒に花火を観ようね」

俺がそういうと梨香ちゃんの顔に花が咲いた。さすがにあの丘に梨香ちゃんを連れていけないからな。来年は別の場所にしないとな。そうしようと約束して梨香ちゃんと指切りをした。

「えへへ。今から来年が楽しみになってきた！　あ、約束破ったら針千本だからね、勇也お兄ちゃん！」

バイバイと手を振って、梨香ちゃんは春美さんと一緒に祭りの喧騒の中へと溶けていきすぐに背中も見えなくなった。

「さてと。俺達もそろそろ行くか――って、あれ？　結ちゃんは？」

ついさっきまで二階堂の隣にいたはずの金髪の美少女の姿がどこにもなかった。まるで忍者の雲隠れだな。それとも神隠しか？　なんにしてもこの状況ではぐれるのは非常にまずい。

「あぁ、結なら先に行くって言ってたよ。何度か来たことあるみたいで、大体の場所もわかるって言っていたから大丈夫じゃないかな？　あぁ見えて結はしっかりしているから」

ここに来ての単独行動とは。でも部活の先輩で俺より長く接している二階堂が〝しっかりしている〟って言うなら問題ないだろう。迷子になったらスマホで連絡を取ればいいし、タカさんに話しておけば愉快な同僚さん達が見守ってくれるはずだ。あの人達、お祭りで迷惑行為をする連中を許さないからな。

「それじゃ俺達だけで行くとするか。人が多いからぶつかって転ばないように気をつけてな？」

「フフッ。キミは本当に過保護だな。大丈夫、私は一葉さんのように躓いたりしないから。

それとも……躓けば一葉さんの時のように吉住が抱き留めてくれるのかな？」

二階堂は儚《はかな》げな、言葉とは裏腹にむしろそうなるのを期待しているかのようだった。勘弁してくれ。

「冗談だよ。吉住ならきっと反射で私を助けてくれるよね。そこで一葉さんがいるからと身体《からだ》が動かないような男じゃない。そうじゃなかったら、私が怪我《けが》をした時に助けていないもの」

俺達は人混みの中をかき分けるようにゆっくりと並んで歩く。肩が触れそうな、そっと手を伸ばせばいつでも簡単に握れてしまうほどの距離だが、決してこれ以上縮まることのない彼我の距離。

「……あっ、吉住。こっちから行ったら近道だよ」

無言で歩いていると二階堂が袖を引っ張ってきた。彼女が指差す先は薄暗い抜け道。この先に何があるんだ？

「私も結と同じでこのお祭りには何度か来たことがあってさ。だから道は覚えているんだ。ちなみにここを少し進むと上り坂があって、それを登り切れば神社の裏側に着くんだよ。階段を登るより断然早いよ」

「へぇ……そうなのか。でも大丈夫か？　浴衣《ゆかた》に下駄《げた》で歩きづらくないか？」

「それを言ったら階段も同じだし、歩く距離はそっちの方が長いからむしろこっちの方が楽だよ。ほら、早く行くよ」

俺の袖を摑《つか》んだまま、二階堂は抜け道を進んでいく。祭りの喧騒から離れるにつれて灯《あか》りも減り、月明りだけを頼りに俺達は薄暗い小道を進んでいく。

人間にとって闇というのは遺伝子レベルで刷り込まれた根源的な恐怖の対象であり、裏道を二人で歩いているので夏の風物詩の肝試しの雰囲気もある。だから二階堂の手が小刻みに震えているのも致し方ないことだ。

「この震えはべつにお化けが怖いからじゃないよ？　本当だよ？」

二階堂は拗《す》ねたように言うが、そんな強がらなくてもいいんだぞ。むしろ怖いって素直に言った方が可愛いぞ？

「むぅ……また可愛いって言った。どうして私がお化けを怖いって言ったら可愛いんだよ？　説明してくれ」

「なんて言うのかな。二階堂みたいなカッコイイ女の子ってお化けなんて怖くない、肝試し、お化け屋敷《やしき》どんとこい！　なイメージがあるんだよ。でも本当は怖いものが苦手で、ってなるとギャップがあって可愛いかなって」

うん、我ながら何を言っているんだろうな。現に二階堂もぽかんと口を開けて呆《あき》れた顔をしている。お願いだから今無言になるのだけはやめてくれ。穴があったら入りたい。

「そうか……吉住はギャップ萌《も》えに弱いのか。ということは一葉さんもそういうところがあるの？　って聞くまでもないか」

そう言って二階堂はフフッと笑った。そこで会話は途切れ、俺達はまた無言となって坂道を登っていく。

「まさか浴衣を着て吉住と一緒に歩くなんて……一年前は考えられなかったなぁ」

もうすぐ頂上というところで、二階堂がポツリと呟《つぶや》いた。確かにそうだな。両親が借金を残して海外に逃亡したり、楓さんと一緒に暮らすようになるなんて、一年前は想像もできなかった。

「そうだな……一年前には考えられなかったことがたくさん起きたし、こうして俺が普通の生活を送れているのは楓さんのおかげなんだよな。だからこそ、ってわけじゃないけど時々申し訳ない気持ちになるんだ」

「……どうしたの、吉住？」

「沖縄旅行もそうだけど、今の俺は楓さんにおんぶに抱っこなんだよ。でも一人立ちするには俺はまだ無力だからな。なんかそれが悔しいんだ」

純黒の空を見上げながら、気が付けば俺は心の中に秘《ひそ》かに溜《た》め込んでいたものを吐き出していた。

「〝楓をよろしく頼む〟。そう楓さんのご両親から言われたけど、むしろお世話になりっぱなしなんだよ。俺なりに部活だけじゃなくて勉強やバイトも頑張ってはいるけど、この調子で俺は本当に楓さんの隣に立つに相応《ふさわ》しくなれるのかって不安になる」

「吉住……キミは一葉さんと一緒にいるのが苦しいの？」

「ううん。楓さんと一緒にいるのは苦しくないよ。むしろ毎日楽しいし、幸せだよ」

こんな不安を抱くのは子供のくせに背伸びをしようとしているからだ。水面《みなも》に映った月を掴もうと手を伸ばして落ちて溺れているだけ。

「焦《あせ》らなくてもいいのはわかっているんだけど、なにせ俺の隣に立っているのは日本一可愛い女子高生だからな。その隣に立っているのが、無い無い尽くしの情けない男じゃダメだろう？　――――って、こんな時に話すことじゃないな。ごめん、二階堂。忘れてくれ」

「あの時と同じ顔だ……」

俺は笑って答えると、二階堂が立ち止まってボソッと呟いた。唇をキュッと噛《か》みしめて苦しそうに胸を押さえている。

「どうした、二階堂？　大丈夫か？」

「え？　あぁ、うん……大丈夫、何でもない」

そう言って二階堂は小走りして俺の隣に並ぶが、再び沈黙が俺達の間に落ちた。

誰にも言ったことのない弱音をどうして話したのだろう。相手が一年以上隣の席で同じ時間を過ごした信頼のおける二階堂だからだろうか。

それにしてもこれから花火を観《み》るっていうのに空気が重くなったな。二階堂も俯《うつむ》いているし、これはまずいな。

「よし。もうすぐ頂上に着くぞ。これなら始まる前に楓さん達と合流できそうだな。どこにいるか連絡を――」

「待って、吉住」

ガシッ、と力強く俺の腕を二階堂が摑んだ。どうしたんだよ、いきなり？　ここで立ち止まっていたら花火に間に合わなくなるぞ？

「は、話を聞いてほしいんだ。ずっと怖くて、心地好い関係を壊したくなくて立ち止まっていた女の子の恋の話を」

見たことないくらい鬼気迫る悲痛な表情で俺の心に訴えるように言葉を発する二階堂に、思わずスマホを持つ手を下ろした。二階堂は二度、三度深呼吸をしてから俺の瞳をじっと見つめて話し始めた――

＊＊＊＊＊

その女の子が恋をしたのは隣の席の男の子。

最初はただ趣味が合うだけだったのに、いつの間にか目が離せないくらい気になる男の子になったのは一年前の夏休み。

その日、女の子が所属しているバスケ部は都内でも有数の強豪校との練習試合があった。入部して間もなかったけどその子はレギュラーとして試合に出場したけど結果は惨敗《ざんぱい》だった。

最初から勝てない試合だったんだとみんな苦笑いをしていたけど、その女の子はそうは思えなかった。だって負けるのは悔しいだろう？

モヤモヤした気持ちを抱えたまま、熱気で蒸し風呂《むぶろ》状態になっている体育館から出たら、グラウンドではサッカー部が練習試合をしていたんだ。

点差は2対0で負けていて、ちょうど3点目を入れられたところだった。しかも試合は後半で残り時間も20分を切っている。あぁ、これは観戦していた近くにいた子が教えてくれたよ。

もう無理だ。勝てない。誰もがそう思う中、一人だけ諦めていない選手がいた。その選手は女の子の隣の席の男の子。普段の優しい柔和《にゅうわ》な姿はなく、不敵な笑みを浮かべて彼はこう言った。

『まだ時間はある。ここから逆転して歓声を上げさせてやる』

そこから先は圧巻だったよ。男の子の反撃の一撃で息を吹き返して、選手全員が一縷《いちる》望みを託して彼にボールを集め、それに応えるように男の子は鬼気迫る表情で相手ゴールに襲い掛かった。

でも結局試合はその男の子のミスがきっかけで惜敗に終わったんだ。あと一歩のところまで追い込んだ。決定的な場面を彼が決めることが出来れば勝っていたかもしれないけれど、誰も男の子を責めなかったし、むしろよくやったと褒めていた。

だけど男の子はただただ悔しそうに唇を噛みしめて天を仰いでいたんだ。まるで時間を戻してくれと神様に祈っているように女の子には見えたよ。それから彼はチームメイトから少し離れたところで一人座って悔し涙を流した。

その時からだよ。女の子がその男の子から目を離せなくなったのは。普段教室で話している時、あくびをしながら締まりのない顔で授業を受けている時とは違う、最後まで諦めずに走り続けるその姿に女の子は心を奪われた。そして、誰にも見られないように悔し涙を流すその背中を支えてあげたいと思った。

けれどその女の子は隣の席の話の合う友人という関係が壊れることが怖くて前に一歩踏み出すことが出来なかった。でもそれでもいいと思っていた。だって男の子が隣にいるだけで、女の子はとても幸せだったから。

＊＊＊＊＊

今にも零《こぼ》れ落ちそうになるくらい、二階堂の瞳に雫《しずく》が溜まっている。俺は高鳴り暴れる心臓を必死に宥《なだ》めながら言葉を絞り出す。

「二階堂……その話ってまさか…………？」

「あぁあ……話すつもりはなかったのになぁ。今のキミの横顔があの時にそっくりだったから思い出しちゃったじゃないか」

腰に手を当てながらやれやれと頭を振って、深く大きなため息を吐き出す二階堂。だが言葉とは裏腹にその表情に後悔の色はない。

「そうだよ。この女の子は私で、男の子は他でもない。キミだよ、吉住」

俺は二階堂の恋の話に衝撃を受けていた。二階堂が俺に恋をしていたなんて信じられない。だって俺と二階堂は――

「友達って言いたいんだよね？　でもね、吉住。あの日を境に私にとってキミはただの友達じゃなくなったんだよ。キミは気づいていなかったかもしれないけどね」

一つ苦笑いを挟み、二階堂は話を続ける。

「だけど私は隣の席の話の合う友人って関係が壊れることが怖くて前に一歩踏み出すことが出来なかった。でも一葉さんは違ったんだよね？　あの子は恐れることなく吉住の懐《ふところ》に一気に飛び込んだ」

それでも、楓さんにだって恐怖はあったと思う。拒絶されたらどうしよう、嫌われたらどうしようって。でもそんなことは一切感じさせずに俺との距離をゼロまで縮めてきた。

そして俺は、そんな楓さんに救われた。

「それが私との大きな違いで、そこが運命の分かれ道。でもね、吉住。時々考えるんだ。もしも私が一歩踏み込んでいたらどうなっていたんだろうって」

「二階堂……それは……」

口に出すな、それ以上言葉にしたら取り返しが付かなくなるぞ。そんな俺の予感を無視するように、二階堂は決定的な一言を口にする。

「今頃彼の隣にいたのは一葉さんじゃなくて私だったんじゃないかってね」

つぅと一筋の涙が頬を伝ったのと同時に、花火大会が始まった。

俺達以外誰もいない静かな世界に響き渡る爆音。しかし今の俺と二階堂の世界はただただ静寂で、呼吸と心臓の音だけが哀《かな》しく鳴り響くだけ。

「こんなことを言っても吉住を困らせるだけなのはわかってる。今のキミの瞳に映っているのは一葉さんただ一人だからね。でもね、このままじゃダメだって一年生の男の子に告白されて気付かされたんだ」

沖縄旅行に行く直前、二階堂はバスケ部の男の子に告白されたと言っていた。

「先輩と後輩の関係以上に進める保証はどこにもないのに、あの子は私に想《おも》いをぶつけてきた。それでようやくわかったんだ。この想いが実らないのが怖いんじゃない。この想いを告げずに終わることが怖いんだって」

好きという想いを抱えたままその相手に二度と会えなくなるのは、確かに恐怖以外の何物でもない。想いはいつか忘れることが出来るかもしれないし、もしかしたら消えないしこりとして残るかもしれない。だから怖いのだ。

「吉住が一葉さんのことが好きなのはわかっている。今更もう遅いかもしれないけど、もうこれ以上後悔したくないから……」

「…………」

すぅ……はぁ……と二階堂は心臓を捧《ささ》げるように胸に手を当てて大きく深呼吸をする。俺はただ黙って彼女の言葉を待つ。それが俺に出来る唯一のこと。

「好きだよ、勇也。私は誰よりもキミのことが好き」

夜闇を明るく照らす、色鮮やかな花火が轟音《ごうおん》を上げながら打ち上がる中。二階堂の告白は俺の耳にはっきりと届いた。

了

あとがき

皆さん、お久しぶりです。雨音恵《あまねめぐみ》です。『両親の借金を肩代わりしてもらう条件は日本一可愛《かわい》い女子高生と一緒に暮らすことでした。』第三巻をお買い上げいただきありがとうございます。

三巻は待望の水着&浴衣《ゆかた》回です。ｋａｋａｏ先生の描く、楓《かえで》さんたち三人娘に新キャラの結《ゆい》ちゃんを加えた水着姿を堪能《たんのう》ください。最高の一言に尽きますよね？（圧力）

ネタバレにならない範囲で本巻のお話を。まずは新キャラの二人から。

楓さんを姉と慕う後輩キャラの〝宮本《みやもと》結〟は貴重なツッコミキャラであり、年下でありながら実はとても気が利《き》く女の子です。彼女の活躍はぜひ本編でお確かめください！

そして二人目の〝八坂保仁《やさかやすひと》〟。実はこの子、打ち合わせでは単なるモブキャラでしたが、あれよあれよと言う間に気が付けばキャラデザを頂くまでに成長しました。

担当Ｓ「ｋａｋａｏ先生に依頼するキャラデザですが、結ちゃんと八坂君の二人にしようと思います」

僕「え、結ちゃんはわかりますが八坂君ですか⁉　モブキャラだったはずでは⁉」

タカさんがイラスト化する日は来るのでしょうか。

それでは謝辞へ。

担当Sさん。お風呂《ふろ》シーンを書きたいという僕のわがままを聞いてくださりありがとうございます。本巻のラストシーンを最高なものに仕上げることが出来たのはSさんのおかげです。

本巻も引き続きイラストを描いてくださったkakao先生。夏服、水着に浴衣と夏の詰め合わせセットな最高のイラスト、ありがとうございます！

本書の出版に関わって頂いた多くの皆様にも感謝申し上げます。

そして読者の皆様。三巻を刊行することが出来たのは皆様のおかげです。SNSに上げられる購入報告や感想は貴重な僕の動力源となりました。なので三巻の感想も投稿していただけたら嬉《うれ》しいです。あなたの感想が作者と作品の命を繋《つな》ぎます！

最後に宣伝を。7月16日発売のドラゴンマガジン9月号にて「ファンタジアラブコメヒロインズ」と題して本作が特集されております！　そこでしか読めない特別書き下ろしSSも掲載されておりますのでお見逃しなく！

それでは、四巻でまた皆様とお会いできますように。

雨音　恵

富士見ファンタジア文庫

両親《りょうしん》の借金《しゃっきん》を肩代《かたが》わりしてもらう条件《じょうけん》は日本一《にほんいち》可愛《かわい》い女子高生《じょしこうせい》と一緒《いっしょ》に暮《く》らすことでした。3

令和３年８月20日　初版発行

著者——雨音《あまね》 恵《めぐみ》

発行者——青柳昌行

発　行——株式会社KADOKAWA
〒102-8177
東京都千代田区富士見2-13-3
0570-002-301（ナビダイヤル）

印刷所——株式会社暁印刷

製本所——本間製本株式会社

※定価はカバーに表示してあります。
●お問い合わせ
https://www.kadokawa.co.jp/（「お問い合わせ」へお進みください）
※内容によっては、お答えできない場合があります。
※サポートは日本国内のみとさせていただきます。
※Japanese text only

ISBN978-4-04-074255-7　C0193　◇◇◇

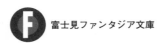